Elisabeth Dauthendey

Erotische Novellen

„Das Erotische ist es, das den Teppich des Lebens mit den bunten lachenden und den düstern tragischen Farben durchwirkt. Ohne dies ewig bewegte Element bliebe dieser Teppich des Lebens immer nur der starre und dunkle Vorhang zwischen Sein und Sterben.“

Elisabeth Dauthendey

Redaktionelle Hinweise und Impressum

Das vorliegende Werk wurde zugunsten der Authentizität sehr zurückhaltend bearbeitet. So wurden etwa ursprüngliche Rechtschreibfehler regelmäßig *nicht* behoben, denn kleine Unvollkommenheiten machen das Buch – wie im Übrigen den Menschen – erst authentisch. Mitunter wurden jedoch zum Beispiel Absätze behutsam neu getrennt, um den Lesefluss zu erleichtern.

Wir sind bemüht, ein ansprechendes Produkt zu gestalten, welches angemessenen Ansprüchen an das Preis/Leistungsverhältnis und vernünftigen Qualitätserwartungen gerecht wird. Um die Texte zu rekonstruieren, werden antiquarische Bücher von leistungsfähigen Lesegeräten gescannt und dann durch eine Software lesbar gemacht. Der so entstandene Text wird von Menschen gegen eine Aufwandsentschädigung gegengelesen und korrigiert – Hierbei können gelegentlich Fehler auftreten. Wenn Sie ebenfalls antiquarische Texte einreichen möchten, wenden Sie sich für weitere Informationen gerne an

www.groels.de

Informieren Sie sich dort auch gerne über die anderen Werke aus unserer

Edition | Bedeutende Werke der Weltliteratur

Sie werden es mit 98,015 %iger Wahrscheinlichkeit nicht bereuen.

Die Deutsche Nationalbibliothek verzeichnet dieses Werk in der Deutschen Nationalbibliografie.

Verleger: Marcel Hermann-Josef Gröls, Poelchaukamp 20, 22301 Hamburg.
Externer Dienstleister für Distribution und Herstellung: BoD, In de Tarpen 42, 22848 Norderstedt

Inhaltsverzeichnis

Frühlingstrunkenheit

Hast du den Frühling je im Walde gesehen?

Die berauschenden Feste belauscht, welche die Sonne ihrem Lieblinge dort bereitet?

Alle Teppiche nahm sie aus der winterlichen Kammer. Breitete den smaragdnen Samt über die warme, pochende Erde. Griff tief in die Truhen ihrer Schatzkammern und streute mit vollen Händen sanfte Perlen und leuchtendes Edelgestein darüberhin, daß alle Farben ihre süßen Lockungen entflammten.

Die graue Himmelskuppel warf sie mit brennender Ungeduld weit hinauf, daß sie wie ein Dom sich über die wartende Erde spannte, und alle seidene Bläue, die in der Herbstkammer dieser Feierstunde gewartet, hing sie über diese Kuppel hin, daß die tiefe blauende Pracht wie ein Tanz von Licht und Glanz über die Erde hinflog.

Ein heimliches Grüßen ging zwischen dieser seidenen Bläue des Himmels und dem grünen Gold der schimmernden Waldbäume hin und wieder. Mit lindem Flüstern strich der junge laue Wind durch die zärtlichen Blätter, die licht und durchsichtig aufstrahlten, wenn die schwirrenden Pfeile der Sonne sie trafen.

Und hörtest du je das Lied der zagen, schwellenden Sehnsucht, die aus tausend liebestrunkenen Kehlen den weiten prunkenden Hochzeitssaal des neu erwachten Waldes erfüllt?

Voll flehender Erwartungen steht alles bereit.

Bereit für alle glühenden Erfüllungen, die er, der nahende Erlöser, der bräutlich bebenden Erde bringt.

Die Sonne hat ihm das Liebesbett bereitet.

Und selig schreitet er über die Schwelle all der geheimen Kammern, in denen tausend Türen ihm weit offenstehen, tausend Lippen auf den zeugenden Kuß seiner segnenden Flammen warten.

So steht der Wald.

In Frühlingstrunkenheit versunken.

Ein Märchenzauber, für den kein Dichter je das Wort gefunden, um das zu sagen, was sich nur schauen läßt.

Nur schauen, fühlen und sich wandeln.

Eins werden mit dieser göttlichen Berauschung.

Aufgelöst in das All, selbst eine Hochzeitskammer sein und sich vom segnenden Kusse der zeugenden Flammen überströmen lassen – das nur bleibt dem Sterblichen, wenn zufällig ihn seine Schritte zu diesem Tempel der Wunder tragen. Wenn anders er vor der überseligen Macht dieser unerhörten, nie auszusagenden Himmelssüße nicht zusammenbrechen soll unter der betäubenden Last aller aufgerissenen Brunnen seiner heimlichen Ahnungen und Sehnsüchte.

Und der Zufall hatte die beiden herzugebracht.

Mitten im goldenen Grün der flüsternden Waldbäume. Wo die lichttrunkenen Blätter mit den lachenden Sonnenkreisen in schwanken zarten Tänzen schweben, trafen sich ganz plötzlich ihre Blicke.

Denn leise und versonnen waren sie über diese hochzeitliche Schwelle getreten. Jedes sich allein wähnend.

Allein mit ihren pochenden Herzen.

Ihrem schwellenden Allgefühle.

Du – sagte er. Und seine Stimme war wie das lockende Lied der Nachtigall.

Du – antwortete sie. Und ihr Atem spielte wie der linde Morgenwind auf der Harfe ihrer bebenden Glieder.

Sie hatten sich noch nie gesehen.

Wer du – wer ich –

Wie weit war all dies Fragen von ihnen.

Der Gott, der auf schwingenden Sohlen durch die keusche Stille all dieser glühenden Erwartung schritt, nahm milde lächelnd ihre Herzen und führte ihres Atems Wellen zueinander.

Daß sie gesegnet und erlöst sich erkannten als ein selig Teil von Erde und Wald, von Vogelfang und Sonnenleuchten. Ein selig Teil all der unerhörten, nie auszusagenden Pracht der Frühlingstrunkenheit, die für einen kurzen göttlichen Augenblick alle Gnaden des Paradieses über die verarmte Menschheit ausschüttet.

Daß sie an ihr genese.

Das Kind

Das Kind saß auf einer Bank.

Mitten im Sonnenblust des blühenden Schloßgartens.

Es blickte versonnen vor sich hin.

Die flimmernden Sonnenwellen, die schweren Düfte und leuchtenden Farben der üppigen Blumenbeete umher umhüllten seine zarte, noch unerwachte Seele mit seltsam fremden Bildern. Umspannten es mit flatternden Traumfäden, die sich irgendwo an sein Denken und Fühlen anhängen wollten. Aber da alles in ihm noch so ungeschlossen und allzu bereit wie frisch aufgebrochene Frühlingserde war, fanden sie nichts Haltendes darin. Und so blieben sie nur ein lindes Schwingen von Licht und Schatten und Düften. So gleichsam in einem doppelten Traumkreis verfangen, schwamm des Kindes Seele wie ein Rosenblatt auf den heißen Wellen des ringsum blühenden Lebens umher.

Schlank und zart und lieblich war alles an ihm gebildet.

Das seidenweiche Blondhaar lag schlicht um das feine Gesicht. Die großen, schimmernden Augen waren voll Lauschen und Suchen und Erwarten. Die zart geschwungenen Lippen etwas geöffnet und von einer leisen Traurigkeit umspielt. Die schmalen, blassen Hände lagen lässig im Schoß, die Schultern neigten sich ein wenig wie unter einer unsichtbaren Last. Es war nichts Fröhliches um das Kind.

Seine Kleidung gut und sauber, aber nichts von dem flatternden Tand daran, womit glückliche Hände ihre Lieblinge schmücken. Ein frühreifer Ernst lag ihm auf der Stirn, der seltsam und fast beängstigend die träumerische Versonnenheit dieser kindlichen Reine umschattete.

Aber trotz all diesem Zwiespältigen oder vielleicht gerade um dessen willen, war es von einem seltsam sinnlichen Reiz umblüht. –

– Resa –

Das Kind schrak zusammen. Konnte aus seiner traumhaften Verlorenheit sich nicht gleich zurechtfinden und blickte hilflos um sich. Aber zugleich mit dem Rufe war es automatisch aufgesprungen. Man fühlte es dieser spontanen Bewegung an, daß es an allerstrengsten Gehorsam gebunden war.

Auf einer entfernteren Bank saß die Kinderfrau neben dem Kinderwagen, in dem blütenzart umhüllt das jüngste Brüderchen lag.

– Beweg‘ dich ein wenig – sagte die Kinderfrau, da hast du etwas für die Goldfische im Teich. –

Resa nahm das Brot und ging langsam in die schattendunklen Laubgänge hinein.

Ihr Gang hatte nichts von der federnden Erregbarkeit des Kindes, es lag etwas Müdes, von Gedanken Beschwertes in ihrem versonnenen Schreiten. Es fehlte die tragende Schwebung des Gleichgewichtes zwischen Körper und Seele. Etwas Überreifes lag wie ein schmerzlicher Hauch über Stirn und Augen, dem die Zartheit der Glieder nicht gewachsen schien. Soviel Drängen und Fragen schwirrten durch des Kindes Denken und Fühlen. Die Umwelt war ihm ein furchtbares Chaos von antwortlosen Dingen und wirrem Geschehen. Keine liebende Hand baute ihm die heiteren Brücken, welche die Seele aus ihrem langsamen und schweren Erwachen mit Spiel und Tanz zu den Tälern der Menschen führen.

Die Muttergüte fehlte seinem Leben.

Härte und Strenge führte es auf engen, dunklen Straßen.

Und all der köstliche Reichtum seiner unendlichen Begabungen lag wie eine Last auf ihm und welkte an den stumpfen Wegen, die man es zu gehen zwang.

So blieb ihm nur der Traum seine Zuflucht.

Ein Warten und Lauschen auf Kommendes und Fernes, das wie ein Licht käme von irgendwoher und all die Dämmerungen zerbräche, die wie eine Mauer vor ihm standen, aus der es keinen Ausgang fand. –

Resa kam an den Fischteich. Achtlos warf sie das Brot hinein in automatischem Gehorsam der nachwirkenden Worte der Kinderfrau.

Die Fische interessierten sie nicht.

Sie blickte zu der gewaltigen Steingruppe in der Mitte des Brunnens, wo ein mächtiger Triton auf einem Delphin saß und mit vollen Backen auf einer Seemuschel blies, hinter ihm auf einem erhöhten Felsen lehnte eine Frau, deren Leib in einen breiten Fischschwanz endete, in ihrer Hand hielt sie einen zappelnden Fisch, mit dem sie lachend zu sprechen schien.

Ob das die Seejungfrau ist, dachte Resa, denn sie trug eine Unzahl von Märchen mit sich herum, aber wo ist der Prinz und das alte Meerweib? –

– Das sind merkwürdige Leute – sagte da eine Stimme neben ihr, und eine Hand legte sich auf ihre Schulter.

Es war eine knochige, unangenehme Hand. Resa schob unruhig mit der Schulter und hätte sie am liebsten weggestoßen. Als sie aufblickte, sah sie in ein altes Männergesicht, das mit seltsam lachenden und doch bösen Augen zu ihr heruntersah. Da wagte sie nicht, die Hand wegzustoßen, alten Leuten mußte man gehorchen.

– Ist das die Seejungfrau? – fragte sie, nur um von der Stille umher und den Augen des Mannes, die ihr angst machten, loszukommen.

– Schon möglich – da unten im Wasser lebt allerlei sonderbares Volk, und wenn es herauskommt an das Licht, wird es zu Stein und kann nie mehr hinunter zu den andern. –

Resa beugte sich suchend über den Rand des Brunnens.

– Ah, die sieht man nur bei Nacht –, sagte der Mann und nahm die kleine Hand des Kindes und führte es zu den breiten Steinstufen, die zu den oberen Terrassen aufstiegen, und deren Rampen von unzähligen Steinfiguren besetzt und belebt waren.

– Schau, wie viele da schon heraufgestiegen sind – ja, das sind neugierige Leute, und nun müssen sie immer da oben bleiben und möchten sicher wieder gerne unten sein, wo es blau und golden ist von Perlen und Edelsteinen. –

Nun lag die kleine, nervös zuckende Hand in der des Mannes. Resa litt unter dem festen, kalten Griff, aber sie wagte nicht, sich loszumachen. Oben auf den Terrassen brütete die Sonne heiß und schwer. Der Mann setzte sich auf eine Bank und zog das Kind zu sich heran.

Ernst und fragend waren die scheuen Augen des Kindes auf ihn gerichtet. Durch diese Augen blickte man in die seltsam geheimnisvolle Tiefe einer Seele, die voll Rätsel war.

Aber den Mann fesselten diese Rätsel nicht. Er suchte die geheimen Reize dieses feinen, zärtlichen Körpers zu ergründen. Eine Freude wollte er über ihn hingehen sehen, ein Aufblühen, das ihm die verborgene Schönheit enthüllte.

Und es gelang ihm.

Er griff mitten in das Fernweh dieses unerschlossenen Wesens hinein.

– Sieh den blauen Himmel –, sagte er. Wie hoch, wie blau ist er, ist er nicht wie blaues Glas, durch das man hindurchsehen kann? Und denke dir nun, daß unten das Meer weit und lachend daliegt, und es ist ebenso blau wie der Himmel oben, und die Wellen tanzen zum Ufer hin und singen leise. Am Ufer liegt eine große, reiche Stadt voll hoher Türme und Häuser mit goldnen Dächern, Leute in bunten Kleidern gehen spazieren am Meere entlang; welche fahren in herrlichen Karossen, und auf dem blauen Wasser schaukeln kleine weiße Schiffe, darinnen sitzen schöne Prinzessinnen und winden Kränze aus den bunten Blumen, die am Ufer blühen –

Des Kindes Augen leuchteten.

Ein banger Seufzer hob seine zarte Brust, der feine Mund bebte, und eine leise, blumenhafte Röte flog ihm über das Gesicht.

Von einer Sehnsucht ergriffen, die wie Erlösung auf alles Wartende in ihm war, brach unter dem Aufruhr des Blutes alles Hemmende zusammen, ließ alles Schlummernde erblühen. Der Mann sah, was er gesucht hatte. In ihm entzündete sich langsam ein heimliches Glimmen.

– Möchtest du das alles sehen? – fragte er.

– Oh – sagte das Kind, und dieser Laut war so voll Verrat alles dessen, was seine Innenwelt fesselte und quälte, daß der Mann fast erschrak vor der dunklen Glut, die jäh aus diesem einen Tone brach.

– Dort wohne ich – willst du mit mir dorthin reisen? –

– Reisen –, sagte das Kind. Das blaue Meer und eine goldne Stadt – und seine Stimme bebte, und die kleinen, stillen Hände zitterten wie Frühlingsblätter im Winde.

– Soll ich dir noch mehr erzählen? – sagte er, stand auf, nahm ihre kleine zitternde Hand und führte das Kind hinaus zur höchsten Terrasse des Parkes an eine einsame Stelle, die er kannte.

– Soll ich dir erzählen –

– Ja –, sagte das Kind, und seine Augen schauten groß und hungernd und dürstend zu ihm hin.

Da griff er es plötzlich mit packenden Armen, hob es hoch auf, nahe zu seinem Munde –

– Küsse mich – dann erzähle ich dir noch tausendmal schönere Dinge – küsse mich. –

Sein schwerer Atem flog dem Kinde heiß über das Gesicht. Es blickte starr und schreckvoll in die lodernde Glut der wild aufgerissenen Augen.

Was war das?

Wieder eines jener furchtbaren Dinge, die es nie begreifen würde.

Mußte es gehorchen, und immer?

Was alte Leute taten, war immer gut.

Fragen, Aufruhr, ein fernes Unbegreifliches ging im Taumel durch die gespannte willenlose Kinderseele.

Eine Sekunde lang war es, als neige sich das liebliche Haupt wie eine welke Blume zu dem rohen Munde des Mannes – seine Hände glühten, die Augen lachten in wildem Triumph –

Da – was kam über das Kind –

Das ferne Unbegreifliche war plötzlich ganz nahe in ihm selbst. Etwas brach da auf wie ein Strahl aus einem tiefen Brunnen, der ihm jäh und heiß durch das kühle, schlummernde Blut aufsprang und eine Scham und einen Ekel in ihm erweckte, dessen Ursprung und Verbundenheit mit ihm selbst ihm gänzlich unbegreifbar war, aber eine Kraft und ein Wollen auslöste, gegen die es keinen Widerstand gab.

Das zarte, stille Kind stieß mit voller Wucht seinen Fuß gegen die Brust des Mannes, daß er es verblüfft und wütend aus seinen Armen zur Erde gleiten ließ. –

– Bist du verrückt –, sagte er. –

Aber das Kind hörte und sah nichts mehr.

Auf zitternden Füßen flog es davon.

Raste die Treppe hinab durch die Laubgänge, kroch atemlos und bebend unter die weiten, hangenden Blütenäste eines Baumes, lehnte sich an den moosigen Stamm und horchte auf die schweren Schläge seines kleinen verängsteten Herzens.

Hatte es etwas Böses getan?

Einen alten Mann getreten.

Eine rote Scham flog ihm durch das zitternde Blut.

Aber es war noch etwas anderes.

Eine andere Scham, durch die es sich dunkel in eine Schuld verstrickt fühlte, ohne nur im geringsten zu begreifen, was es sei, ob es in ihm war oder von dem Manne kam. Ob er etwas Böses gewollt? Aber alte Leute waren doch nie böse, nur Kinder konnten es sein –.

Und mit einem neuen Rätselhaften beladen, trug das Kind seine kleine vereinsamte Seele ein Stück weiter durch das große unbegreifliche Leben.

Himmel und Erde

In der süßen blühenden Maienzeit ihres Lebens, da alle sprossenden Knospen der Seele zur Sonne lechzen, alle brennenden Träume um ein seltsam Fernes und Seliges kreisen und alle weitwache Sehnsucht nach dem lockenden Ungreifbaren sich aufreckt, war sie Nonne geworden.

Sie hatte die Insel der Seligen erreicht, nach der die Träume ihrer Nächte gegriffen hatten. Aus den Wirrnissen des Alltags kommend, zu denen sie nie eine rechte Stellung hatte finden können, war es nun wie eine Erlösung, der großen Stille, dem heiligen Schweigen gegenüberzustehen. In der geheimnisbeladenen Einsamkeit nur den einen Weg vor sich zu wissen, der zu den goldnen Altären des Gebetes und zu den schmerzlich seligen Höhen der Opferung führte.

Sich opfern und hergeben. Wund sein an sich selbst, das Herz schwer von Demut und Liebe zu Einem, der über allem Irdischen jene weiten Tore öffnete, die in eine Welt der seltsamen Schauer, Erschütterungen und Verzückungen führten – diese heimliche lechzende Sehnsucht ihrer keuschen Seele, die, noch unbewußt der Macht ihres blühenden Körpers, sich ihr eigenes Reich baute und ahnungslos über den Gefilden seiner erdhaft gerichteten Strahlungen zu der dinglosen Welt übersinnlicher Ekstasen aufflog. Diese heimliche lechzende Sehnsucht ward ihr nun erfüllt.

Schwester Serapha.

Wuchsen ihr nicht Flügel aus diesem himmelhoch tragenden Namen. Ward nicht ihr Leben plötzlich nur noch ein Schweben. Keine Erde mehr unter ihren Füßen. Keine Finsternis mehr um sie her. Tag und Nacht, ein strahlendes Lichtopfer an den goldnen Altären ewiger Anbetung!

Alles wurde leicht in ihr. Die schwersten Pflichten ihres neuen Amtes trug sie lächelnden Herzens wie duftende Rosenketten. Ihre Seele glühte purpurrot wie das ewige Licht vor den heiligen Altären. –

Die älteren Nonnen sahen erstaunt in die leuchtende Pracht dieser gottblühenden Magd.

Einige, schon etwas Ermüdete, entzündeten sich neu an der brünstigen Fackel dieser weihrauchschweren Andacht.

Noch Müdere blickten scheu und schuldig auf sie hin. Jene aber, die am Ende des Opferweges gingen, hatten ein leises, welkes Lächeln, das wie ein Schatten über die verstummten Lippen huschte.

Die Seniorin des Klosters aber sah mit seltsam strengen Augen auf diese Gotteslilie und schüttelte oftmals das greise Haupt und seufzte.

Schwester Serapha merkte von all dem nichts.

Konnte man jemals müde werden an diesem schwingenden Beben der Seele, diesem jubelnden Singen des Herzens, dieser schwellenden Betäubung des ganzen Wesens? –

Und einer blieb wahrhaft entzückt vor diesem lieblichen Wunder.

Der alte Priester der Klausur.

Seine frommen Augen berauschten sich an dieser steil zum Himmel aufglühenden Gottesflamme. Wenn auch sein allzu wissendes Herz ein Weh dabei empfand.

Wie manche schon hatte er in solch ekstatischer Gotteswonne über diese heilige Schwelle treten sehen, und was war daraus geworden? Die bittre Antwort lag täglich vor ihm ausgebreitet auf den müden, leeren, ausgebrannten Gesichtern ringsum, denen er immer wieder neue Kraft zu spenden und immer wieder die gleichen welken Sünden zu vergeben hatte.

Trotzdem aber erquickte es ihn immer von neuem, wenn eine frische, reine Kerze auf dem Altar zum Himmel lohte. –

Denn verloren war solch reines Gottesglühen nie, es gab der Jungfrauenseele einen überirdischen Glanz und Schimmer, unverlierbaren Reichtum, – Seligkeiten ohnegleichen – wenn –. Ja wenn.

Auch dieser würde er das erlösende Wort sagen, das er all jenen Ermüdeten gesagt hatte, wenn ihre Stunde gekommen wäre. Würde diese die Kraft haben, daran zu einem neuen Leben zu erwachen, wenn die Durchgangswehen ihrer, aus jähen Gluten empfangenen Seele von ihr abfielen und sie das wahre Antlitz ihrer selbst erkannte?

Das wahre Antlitz ihrer selbst, das, plötzlich schleierlos geworden, den Blick zur blühenden Erde senkte und wissend ward um die mißverstandenen Flammen ihres erdgebundenen Blutes. –

Wie oftmals schon hatte er dies Wort gesagt.

Die Gebundene lösen wollen von dem Eide gegen sich selbst, der, nun eine Lüge und Last geworden, an den feinsten Dingen ihres Wesens zehrte und seine Wurzeln zerstörte, seit die Ekstasen des jungen schäumenden Blutes an den antwortlosen Ufern des allzu fernen Jenseits verrauscht waren. Aber keine der Lastbeladenen hatte mehr die Kraft gefunden, sich der schmerzhaften Bürde zu entladen. Keine den schwingenden Mut in sich entzündet, an dem sich tausend neue Leben hätten entflammen können.

In der dumpfen Müde ausgelebter Illusionen, in der grauen Dämmerung verlöschter Himmelslichter wollten sie lieber weiterschleichen all die altgewordene Zeit hindurch, bis zur Schwelle des letzten Schweigens, so ganz war alle Lebensspannung in ihnen zusammengesunken, so ganz war alles zu Asche und Schutt erloschen, was im Übermaß des gotttrunkenen Rausches ihrer blühenden Jugend sie in taumelnden Entzückungen zu dieser heiligen Schwelle getrieben.

Würde auch diese so verlöschend am Boden liegen?

Er wartete und lauschte auf ihre Stunde.

Und ihre Stunde kam.

Plötzlich lag es wie ein dichter Nebel über ihrer glühenden Andacht. Dehnte sich eine weite Leere um sie her. Die blühenden Gottesgärten waren verschwunden, und ihre Seele lag nackt und hilflos im brennenden Sande einer schreckvollen Wüste. Ihre Sinne hatten den Flug zur Höhe verloren und empfanden nun in jähem Umschwung die erdhafte Nüchternheit der Dinge umher. Alle Ströme der Gnade waren versiegt, die himmlischen Heerscharen, mit denen sie bisher so nahe und innige Zwiesprache gehalten, blieben der Erde entrückt, in die unfaßbare Ferne der Ewigkeit zurückgenommen, aus welcher auch das von wildester Not durchbebte Gebet sie nicht mehr heranzuzwingen vermochte.

Verstört und verwirrt starrte die junge Nonne in dieses unentwirrbare Chaos, an das sich ihr ganzes Wesen verloren und das sie in die Grenzenlosigkeit des Nichts auflösen zu wollen schien.

Mit der letzten Kraft ihrer entgötterten Seele hüllte sie sich von Kopf bis zu Füßen in das Dornengewand der Reue und Buße und, von Demut und Zerknirschung bis in die letzten Fasern zermürbt, warf sie sich dem Priester zu Füßen.

Dieser, im milden Leuchten seiner wissenden Güte, legte ihr die segnenden Hände auf die brennenden Wundmale, und mit der stillen Weisheit der Liebe griff er in die geheimnisvolle Tiefe ihres Leides, da wo die Wurzeln ihrer Kräfte verknotet und verdorrt in ihrem krank gewordenen Boden ruhten. Und seine Stimme, beladen mit allen Gnaden der ewigen Wahrheit, durchdrang die erschütterte Seele und richtete langsam Wort um Wort ihre zerstörte Schönheit wieder auf. Und leise hob ein neues Blühen an. Tag um Tag weitete sich dieses Blühen und bedeckte den dürren Sand der Wüste allmählich mit einer neuen fremden Pracht, und in einer seltsam feierlichen Stunde schlug die junge Nonne die Augen auf und sah die Erde von jener Göttlichkeit der Schönheit und Seligkeit bedeckt, die sie bislang hoch über ihr in weiten Fernen gesucht hatte.

– Siehe – sagte der Priester – gleichwie der leuchtende Regenbogen für einen seligen Augenblick den Himmel mit der Erde bindet –

Siehe – so bindet die Liebe von Mann und Weib den Himmel ihrer Herzen an die Erde ihres Blutes, daß sie sich selbst und Gott erkennen.

Laß deine Kräfte neu erblühen und wende dich zum Leben, heilige die Erde in dir durch die Liebe, so wird der Himmel zu dir kommen und in dir sein, und du brauchst ihn nicht über den Wolken zu suchen. Des Himmels Gnadenfülle zu ertragen, geht den Sterblichen meist über ihre Kraft, und nur ganz selten ist ein Begnadeter dieser seligen Last gewachsen.

Du aber brauchst Erde unter deinen Füßen –

Geh, mein Kind, ich entbinde dich deines Gelübdes –

Möge das Weh der Erde dir leicht sein. –

Und die Nonne Serapha fand die Kraft, ihren heiligen Namen am Altar wieder in Gottes Güte zurückzugeben.

Ihre Füße fanden allmählich die festen erdruhenden Schritte, ihre Hände den sichern Griff zu den Dingen des Alltags, ihre Augen erblühten im tiefen Erschauen der unerschöpflichen Schönheitsfülle, die im Diesseits der Welt wie in einem Spiegelbilde die Herrlichkeit des Jenseits widerstrahlt und durch ihre Nähe und Greifbarkeit dem Menschen gleichsam ein Stück der Gottheit fühlbar in die Hände gibt.

Sie ging einher, ein Mensch unter Menschen. Alles Flammende in ihr gereinigt und durchseelt von der Lauterkeit des keuschen Liebesdienstes zu den Füßen der Gottheit. Und als sie an dem goldenen Becher der Lust, den die Minne des Lebens dem schwer beladenen Pilger der Erde zu Labsal und Aufschwung zu reichen hat – sich von seligsten Berauschungen erdenthoben zu den Gefilden paradiesischer Entzückungen fortgerissen fühlte, blieb ihr, umhüllt vom flammenden Purpurmantel der glühenden Mannesleidenschaft, in der letzten ruhenden Stille ihres Wesens die reine, schattende Kühle der gottdurchwehten Andacht, daß sie wie ein kristallner Kelch den glühenden Odem des Lebens in sich aufnehmen konnte, ohne jede Versehrung der heiligen Schwelle, an der Mensch und Tier sich einen kurzen gefährlichen Augenblick begegnen, jener kurze, von hinreißenden Seligkeiten beladene, von tödlichen Entscheidungen umflammte Augenblick, der Mann und Weib zu allen Himmeln und Höhen tragen und halten kann – oder sie für immer an die giftschwangeren Niederungen des Nur-Erdenhaften bindet. –

Und als das Kindlein geboren war, blühte Frau Marias Angesicht in jener unirdischen Menschenschöne, wie sie die Meister langer Zeiten in ihren Bildern in kniender Ehrfurcht vor der rührenden Keusche des Mysteriums des Weibes über die Erde hingestreut haben. Des uralten ewig jungen Mysteriums des Muttertums, in dem Himmel und Erde sich immer wieder neu verbinden, um immer wieder das süßeste aller Wunder – das Kind, zu erzeugen.

Frau Lolla's sieben Lieben

Aus urewiger Zeiten Dämmerungen leuchtet die geheimnisvolle Zahl der Sieben.

Wie eine magische Rune durchspinnt sie den dunklen Urgrund des Denkens. Rinnt spürend durch die chaotischen Schachte der Werdung. Findet heimliche Gesetze der Bindungen und Lösungen. Wird im Spiel und Ernst des bewegten Seins das rätselhafte Symbol ringender Mächte, die den brausenden Strom des Geschehens unter das Maß der Zeiten zwingen und die rasende Flucht der Erscheinungen in den seidenweichen Netzen bebender Ahnungen auffangen und ihre heiligen Geheimnisse ehrfurchtsvoll umhüten, bis sie am Tore der Erkenntnis Ding und Name werden.

Sonnen und Sterne, der Meere Tiefe, des Lichtes Wellenspiel, die Harmonien der Töne und Farben stehen unter dem Gesetz dieses siebenstrahligen

Symbols, in das die von der Tragik des Lebens erschütterte Menschheit voll schauernder Ahnung, schreckvollem Bangen und lockender Lust hineinstarrt.

Sollten da die Rhythmen unseres Blutes diesem rätselhaften Gesetze nicht auch verfallen sein? Das Wellenspiel seiner Bewegung, das wir Liebe nennen, ist in seinen Ebben und Fluten, in seinen Aufschwüngen und Niedergängen mit der dunklen Mystik jener heiligen Zahl unwiderruflich verstrickt. –

Das zarte Saitenspiel des Gedächtnisses könnte uns die Melodie dieser Wahrheit singen.

Aber wie wenigen ist dieses immerfort klingende und tönende Gedächtnis gegeben, das auf leiseste Reize antwortet und Erklungenes unverlöschlich zu bergen weiß.

Der Mehrheit der Menschen fehlt jenes feinste und letzte Erinnern, das mit seinen hauchzarten Wurzeln zu den losen und lichten Augenblicken zurückreicht, die aus fernster Kindheit Tagen wie seltsame Blüten aufleuchten, und die sich vor dem hart gewordenen Wirklichkeitsblick des Eintagsmenschen in sich selbst zusammenziehen und in den Zustand der Erstarrung zurücksinken, aus dem sie nie wieder zu dem Duft und der Farbe ihres ersten Eindruckes aufzublühen vermögen. Zu hart ist das Gestein, durch das solche Erinnerungen sich bei dieser Menschenart hindurchwinden müssen, die immer nur den einen Tag, die eine Stunde, den einen Augenblick um sich weiß, und so im Erleben schon alle feinsten Elemente des Erinnerns in sich zerfallen läßt.

Zu jenem starken unverlierbaren Erinnern gehört der glühende Feuerstrom der starken Persönlichkeit, der alle seelischen Zustände in sich, alles Sein, Werden und Gewesen in stetem Fließen erhält. Ein Geist gehört dazu, der, stark und geschmeidig, jeden Augenblick zu seiner äußersten Oberfläche und seinen tiefsten Gründen und Abgründen steigen und fallen kann, in dessen Schwingungssphäre die Erschütterungen seines Erlebens in unverlöschlichen Spuren weiterklingen.

Die Erinnerung allein ist es, die der Persönlichkeit Farbe, Umfang und Inhalt gibt, ihren Umriß an die Räumlichkeit bindet. Und vielleicht ist Genialität nichts anderes als der tiefe, schon von Generationen seit Anfang her mitgegebene Brunnen lebenslang mitklingender Erinnerungen.

Und solche, die sich erinnern können, wissen um die fernsten Dinge, die ihres Wesens Anfänge begleiteten. Sie kennen die verborgene Mystik der Gezeiten, die Werden und Vergehen, Sturm und Stille, Blühen und Welken der Persönlichkeit an die Rhythmen des Lebens binden und das Wellenspiel des Blutes zur Melodie der Leidenschaft aufrauschen lassen.

Der Gezeiten, die, siebenfach geteilt, dem Auf und Ab der Tage, dem leisen Fall der Stunden, dem Dunkel der Nächte jenes rauschende seltsame Klingen und Leuchten geben, das an der Resonanz der Erinnerung sich zu glühenden Bildern entzündet.

Am genialen Menschen erst wird uns die ungeheure Bedeutung der Erinnerung blendend klar, und wir erkennen sie als den Brennpunkt, in dem die Ausstrahlungen der Persönlichkeit sich zum Komplex ihrer Ichheit sammeln. Nur der geniale Mensch trägt immerfort seine individuelle Ganzheit mit sich, während der andere sich nur stückweise zu erkennen und darzustellen vermag.

Frau Lolla war eine geniale Persönlichkeit.

Wer die Kreuzersonate von ihrer Geige gehört hatte, vergaß dieses blühende Fest so leicht nicht wieder.

Und Frau Lolla erinnerte sich.

Dämmerungen

Ganz zart und leise und fein flimmerte jenes allererste Erleben ihrer frühen Kindheit in der verschwebenden Bläue fernster Horizonte. Kaum ein Erleben war es zu nennen. Ein Ergriffensein war es. Eine Sekunde urplötzlicher Aufgeschlossenheit, in der die Ekstasen tiefster Beseligung und erschütternden Schmerzes die schlummernde Kindesseele mit dem geheimnisvollen Ewigkeitsklange des Lebens überstürzten, daß sie einen furchtbar-seligen Augenblick entlang über den Abgründen letzter Erkenntnisse schwebte.

Wie in ein Bild blickte sie in diese Erinnerung zurück.

Auf dem Lande war es. In einem vornehmen Villenort Petersburgs. Sommersattes Abenddunkel lag über den weiten Gartenterrassen. Erwartung und Spannung schwebte erregend über der eng zusammengestauten Menschenmenge. Auf der weiten Galerie des Gesellschaftshauses stand das Orchesterpodium, der Meister der Geige, der mit seinen fliegenden Walzermelodien jedes Blut in Taumel und Wallung brachte – wurde jeden Augenblick erwartet.

Durch irgendeinen Ausnahmezustand in der Familie war das Kind mit in diesen Wirbel hineingeraten.

Es lauschte in die fremde Dunkelheit des Abends hinein, die sich düster und lockend und furchterregend wie ein regloser Vorhang ringsum ausbreitete, gegen den die Lichtkreise der Laternen sich matt und durchsichtig abhoben.

Der Zug, der den Künstler bringen sollte, mußte sich verspätet haben. Die Menge war bis zur Siedehitze in Erregung und Erwartung getaucht.

Kaum daß sie für das flutende Lichtspiel des rauschenden und brausenden Feuerwerks einige Aufmerksamkeit herzugeben hatte.

Das Kind starrte angstvoll und verwirrt in diese auflodernden Flammen, in die Fanfaren von leuchtendem Gold und tausendfach schimmernden Farbenströmen, die zu dem tiefen Schweigen des abenddunklen Himmels aufsprühten, einen Augenblick in wahnsinnigem Reigen über dem plötzlich weit aufgerissenen Horizont hintanzten, um dann ebenso plötzlich und jäh in den schwarzen Abgrund der Nacht zu stürzen.

Hellwach war die kleine zarte Seele. Schmerzhaft erweckt aus der vegetativen Stille ihres bisherigen Zustandes, verwirrt durch die Unlogik all dieses seltsamen Geschehens, von lauten Fragen bedrängt, in der Einfachheit seines Begreifens feindlich verstört, schwebte sie, wie losgelassen in der Fülle dieser Eindrücke verfangen, zwischen sich und der Umwelt wie auf einem seidenfeinen Faden über vielen Dunkelheiten, die sie jeden Augenblick zu verschlingen drohten.

Da – ein leiser Zweitakt vom Pulte des Meisters her.

In die unruhig wartende Menge fuhr dieses Zeichen wie ein elektrischer Stoß. Wie eine eherne Säule schmerzhafter Gespanntheit drängten die Sinne dieser tausendköpfigen Menge zu dem Einen, Einzigen, von ihm die selige Erlösung heischend, die ihres Blutes bebende Sehnsucht zu jauchzender Befreiung sprengen sollte.

Da setzten die ersten Töne ein.

Die ganze lauschende Menge versank aus aller Gegenwart in die brausende Tiefe der Zeitlosigkeit, die auf den spielenden Wellen der tanzenden Rhythmen berauschend über sie hinflutete. –

Das Kind erlebte Ungeheures.

Der enge Raum seiner Umwelt verschwand.

Die noch ungefesteten Grenzen seines Ichs dehnten sich mit schmerzhafter Plötzlichkeit zu furchtbarer Weite, in das sich das ganze Chaos fernster Ahnungen, Möglichkeiten und Zustände hineinzwängte. In taumelnder Verwirrung und seltsamer Entrücktheit lauschte das Kind.

Überwältigend brandete der Ozean der Töne an alle Ufer seines Wesens, die, gleichsam von weithin leuchtenden Scheinwerfern erhellt, ihm eine gänzlich fremde Landschaft enthüllten. Ausbrechend aus sich selbst unter der Wucht dieser ungeheuren Berauschung, fühlte es sich für einen schwankenden Augenblick visional hineingenommen in ein fernes Erleben, wußte es eine schwebende Sekunde lang um die letzten Dinge seiner Seele und seines Blutes.

Wie von einem Magnet hingerissen, willenlos von schmerzhafter Lust bedrängt, schob sich das Kind durch die beifalltosende Menge.

Ein selig Berauschendes, Furchtbares, Süßes, Strahlendes und Erschreckendes zugleich lockte, zog und riß es zu der Stelle hin, von woher noch eben der Feuerzauber der Töne in seine schlafende Seele hereingebrochen war.

Das Getöse umher, die wogende Unruhe der Menge – das Kind fühlte nichts davon. Nur ein Gedanke war in ihm. Zu jenem Manne hin, der dort wie ein König im Lichte stand. Hager und dunkel und glutäugig schaute er über die, durch seine Kunst zu wildem Entzücken entbrannten Massen hin in eine Welt, die nicht die ihre war. Mit seinen schwachen Armen wie von einer fremden Kraft getragen, drängte das Kind zu den Stufen der Estrade. Das kindersanfte Herz klopfte zum Bersten laut, ein seltsamer Schauer durchflammte das sonst so stille Blut zu aufbrechender Lust, die es von Kopf bis zu Füßen mit schmerzhaft glühendem Aufruhr erfüllte.

Ich liebe ihn – wußte das Kind. Wußte es mit jener pochenden Qual und jener lockenden Lust, die auch der reifen Erkenntnis mitgegeben ist.

Als es sich endlich mühsam gegen alle Widerstände zur Estrade hingearbeitet hatte, war der Platz leer, der Meister verschwunden.

Da riß ein Schmerz durch die Seele des Kindes. Eine Qual, die alle bitterste Erkenntnis alles Leides der Erde vorausnahm. Es erkannte in dieser furchtbaren Sekunde die schmerzhafte Dunkelheit des Wehes, die um jede Liebe ist.

In diesem wehdurchzuckten Lichtdunkel erschaute rückblickend Frau Lolla den allerersten Auftakt des erotischen Erwachens, das den klaren ruhenden Spiegel ihrer Kinderseele so jäh verdunkelt und überleuchtet hatte.

Morgenröte

Einige Jahresspannen weiter.

Es war um die verwirrende Zeit des erblühenden Blutes. Da alle Sinne zu sich selbst erwachen und Geist und Seele sich selbst ein Greifbares werden. Wo der Begriff der Schönheit über Nacht eine berauschende Wirklichkeit wird und zugleich eine bangende Frage über sich selbst.

Da wird der erwachende Blick des Weibes sein Selbst gewahr und erkennt plötzlich im Andern das Andere, das Fremde, Erschreckende, Lockende und Geheimnisvolle.

Der Mann tritt über die Schwelle des Weibbewußtseins.

So sieht sich Frau Lolla in jener Zeiten Spanne.

Hoch und schlank, voll seltsamer Unsicherheiten geht sie mit mühsam tastenden Jungfrauenschritten durch all das Neue, Überraschende hin, das alles umher und in ihr ist, und das sie jäh von heute auf morgen überfallen hat.

Sie hört deutlicher auf ihren Namen. Wägt mit horchender Lust den Wohlklang darin, lächelt über die anderen, die weniger Klang und Farbe haben.

Lolla – damit konnte man Ball spielen, ihn in die Luft werfen und wieder auffangen. Ihn weit fortschieben und die feine Spur seines Klanges nachfühlen. Lolla. –

Wie war Christine so hart und Minna so komisch und Berta so voll Ecken.

Wie anders waren ihre eigenen Hände geworden. Wie war das nur, früher waren sie immer etwas rot und bläulich überhaucht. Sie liebte ihre Hände, und als sie zu ihrer Einsegnung Ringe und Armband erhielt, konnte sie lange Minuten damit verbringen, das Funkeln und Leuchten der Steine zu betrachten, welche den zarten Linien ihrer Hände einen neuen Reiz gaben.

Was für schöne Hände sie hat – sagte einmal jemand. Diese Worte trug sie wie einen Schatz in ihrem Gedächtnis und spielte damit wie Kinder mit bunten Dingen.

Sie war sehr empfindlich geworden gegen die Stimmen der Menschen um sie her, gegen die Art ihrer Bewegungen. Sie sah und hörte tausenderlei Neues, mit dem sie nichts anzufangen wußte. Qualen stürzten plötzlich aus irgendeinem Dunkel hervor, hockten stumm und starr am Rande ihrer

Seele und gaben keine Antwort, wenn sie auch noch so lange versuchte, etwas aus ihnen herauszulauschen.

Sie ließen sich nicht fortschieben, hart, unbeweglich und unerbittlich lagen sie überall an den Türen, die zu all dem Neuen und Lockenden führten, das nun fast plötzlich wie eine wilde Landschaft vor ihr sich auftat.

Wie war auch der Frühling jetzt so anders.

Alle Jahreszeiten hatten einen neuen Klang in ihren Ohren. Ein neues Licht in ihren Augen.

Hatten die Blumen immer so geleuchtet? Hatten Farben immer so tiefe Geheimnisse gehabt? Die Erde hatte einen seltsamen berauschenden Duft, der Atem wurde einem schwer und bang dabei.

Und die Sonne. War es nicht, als risse sie einem innen und außen alle Türen aus und sprengte alle Fesseln, als müsse man mittenhinein in ein Glühendes, Lockendes, Brausendes, das wie ein Meer wogte und alles Ferne zu einem herbrachte? Das Leben wurde so weit und voller Gewalt, es wollte einen verschlingen; und dann wieder fühlte man, daß es einem sanft zu Füßen lag und man mit ihm spielen konnte wie mit einem zärtlichen Kätzchen. Man konnte stundenlang am Fenster stehen und in die Mondnacht schauen.

War das nicht noch schöner als der leuchtende Tag?

Wie anders war alles geworden. Dieser silberne Schein wandelte alles umher. Das Licht stand wie eine steinerne Mauer, man konnte sich daran stoßen, die Finsternis daneben war weicher als das Licht und rief und flüsterte. Ja, sie hatte eine Stimme, und stieg man aus dem Fenster und ging ihr nach, leise, zaghaft, voll einer süßen Angst – da wurde sie plötzlich stumm und drohend.

Und ein schreckhaftes Grauen fiel über die Seele her, daß die Schritte taumelnd wurden und einen kaum wieder zurücktrugen.

Das Grauen ging mit an die Schwelle des Schlafes und wandelte sich in wirre, kreisende Träume, die ein seltsames Beben und Gleiten in das Blut brachten.

Aber wenn die Nachtigall sang –

Woher kam diese Stimme, die den Klang von Flöten und Geigen hatte?

Ja, ganz in der weitesten Ferne ihrer Erinnerung verklang der letzte süße Aufschrei eines wundervollen Geigenlautes – hatte er sich nicht weitergesponnen in den dunkelsten Verborgenheiten ihrer Seele. War es nicht immer wie ein aufquellendes Erzittern in ihr, wenn sie jemand eine Geige zur Hand nehmen sah. Angstvoll verfolgte sie jede Bewegung der Hände, und mit weiten, starren Augen wartete sie aus den ersten Ton. –

Aber nie, nie noch hatte sie wieder das wiegende, weiche Entzücken gefühlt, das mit jenem feinsten Erinnern so unzertrennlich verbunden war, das weit hinter ihr im fernen Lande zurückgeblieben schien, das sie damals, gleich nach jenem großen Erleben mit ihren Eltern verlassen hatte.

Einmal aber kam es nach vielen Jahren.

Das war in einem Kirchenkonzert.

Da kamen ganz plötzlich unerwartet von oben, von der Orgel her, ohne daß sie jemanden sehen konnte, die ersten weichen, wiegenden Wellen eines Geigensolos –.

Das war wie ein Erkennen, wie ein Begegnen mit sich selbst, mit jener schwebenden Minute erster Kindheit, in der sie das Ungeheuere erlebt hatte.

Ihr Herz klopfte, die Pulse flogen, es rauschte wie von schweren Flügeln um sie her. Sie schrie laut auf aus einer Qual, die sie nicht verstand. Dann wurde es finster in ihr. Man trug das Kind hinaus.

Hysterisch – sagte der Arzt mit der lieblichen Leichtfertigkeit derer, die das unermeßliche Orgelspiel des Lebens mit derlei Namen einzufangen sich erkühnen. – Seitdem war ein unruhiges Lauschen in ihr geblieben.

Und nun hörte sie nachts im Mondschein die Nachtigall.

Das war wie jenes Traumhafte, das aus fernster fremder Zeit irgendwo in ihr gebannt war und nach Erlösung flehte.

Da war es wieder, das Wiegen und Wogen, Schluchzen und Jubeln, das Schwellen und Fallen, das süße, berauschende Wellenspiel der Töne, von dem man nicht wußte, spielte es aus der Geige oder tief in unserem eigenen Blute.

Lolla lauschte atemlos mit bohrenden Sinnen.

Wohl war es wie jenes geheimnisvolle Erinnern.

Und doch, es fehlte etwas daran.

Sie fühlte wieder, wie es sie damals mit fremder Kraft unwiderstehlich und rettungslos hinzog zu dem, dessen Hände diese Töne schufen. Hinstürzen zu ihm, seine Hände fühlen, seine Augen sehen, ganz nahe bei ihm sein, – dieses herrische verlangen hatte damals ihre zarte, junge Seele mit erstickendem Kausch erfüllt.

Und jetzt flossen diese Klänge wundervoll und süß aus des Vögleins Brust in das seltsam starre Licht des Mondes.

Aber niemandes Herz kam auf diesen Tönen zu ihr her, keines anderen Blutes Wellen tanzten in dem Reigen dieser Melodien, es fehlten die jagenden Pulse eines verzückten Herzens, welche diese wundervollen Rhythmen erst zu jenen Wonneschauern auflohen ließen, die sich mit ihrem eigenen Blute mischten und nach ihr riefen – wie damals. Es war ein anderes damit.

Und obgleich ihre noch unbewegte Keuschheit hier vor dem Geheimnis mit den sieben Siegeln stand, fühlte sie im Unbewußten die tiefe Pein der Leere, die ihre Sinne wie mit einem Ring ohne Anfang und Ende umfesselten, vom Liede der Nachtigall wurde es leise und sanft in ihr, und damals waren Flammen in ihr aufgeflogen.

Es wurde ihr bang und schwer.

Und alle Lust schlug jäh in dunkelnde Schwermut um.

Ein fernes Ahnen von der Bitterkeit, die alle Süße des Lebens überschattet, kam über sie.

Wie ein kühler, banger Hauch von Tod und Sterben flog es zu ihr her. Aber mit dem Tode wußte ihre allzu junge Seele noch nichts anzufangen.

Und so blieb das heimliche Sehnen mit ihr durch ihre Tage.

Dieses Lauschen und Nichtfinden, dieses Suchen und Nichthaben beschwerte ihre lächelnde Jugend mit jenem schmerzlichen Ballast, an dem die zum Außergewöhnlichen Bestimmten so hart zu tragen haben, und der ihnen dennoch eine Erhöhung ihres Wesens bringt, indem er es vor dem leichtfertigen Tanz der Oberfläche bewahrt und zum Tiefgang zwingt. –

So schien sie der Umwelt voller Launen und Unstimmigkeiten. Wurde unbequem gefunden und beiseitegeschoben.

Sie aber wußte, daß sie etwas zu suchen und zu hüten hatte.

Doch keiner wollte ihr sagen, was es sei.

Der Überfluß an ihr selbst war es, der sie quälte. Die nagende Unrast zu etwas hin, das, größer als sie, sie von sich selbst befreien und letzten Endes sie damit zu sich selbst bringen sollte.

Und für dieses Größere blieb in der Enge ihrer Unbewußtheit immerfort jener Ton der Geige das Symbol, der ihr Ohr berauscht und ihr ganzes Wesen in Flammen und Aufruhr versetzt hatte.

Ton und Flammen.

Darauf war sie im Innersten festgelegt, und alles, was nicht Wohllaut hatte oder ihr den Rhythmus des Blutes bewegte, rührte nicht an ihre äußere Kühle und Stille, die sie seltsam überreif erscheinen ließ, während sie nur die Deckung vieler Leere war, die nach Erfüllung lechzte.

Und eines Tages kam die Erfüllung.

Leise und plötzlich, wie die großen Erfüllungen zu kommen pflegen.

Es war in der Schule.

Der neue Mathematiklehrer stand auf dem Podium.

Hoch gewachsen und herrschend schaute er in die junge Schar, deren Blicke voll unruhiger Neugierde ihn umflogen.

Das geistliche Gewand und die Tonsur im üppigen Haarwuchs gaben ihm eine seltsame Fremdheit, machten gleichsam einen scharfen Strich zwischen seiner und ihrer Welt und durchbebten die schwirrende Spannung all dieses jungen Weibtums mit einer schmerzhaften Hoffnungslosigkeit.

Lolla lauschte voll angstvoller Erwartung.

Da kam seine Stimme.

Und obwohl es lauter harte und trockene Dinge waren, über die er sprach, Dinge, zu denen aus ihrer Begabung her sich keinerlei Fäden hinspannen, umrauschte diese Stimme sie mit einem Meer von Seligkeit und Glück.

Etwas Herbes, Schweres löste sich in ihr.

Eine bittre Qual fiel von ihr ab.

– Warum weinst du? – flüsterte leise ihre Nachbarin.

– Weine ich? – frug sie mit einem seltsam irren, glücktrunkenen Blick in den tränennassen Augen. –

Um diese Zeit war es, daß sie fühlte, sie müsse die Geige spielen lernen, von jener Stimme kam ihr diese Erleuchtung.

Und sie schlich dieser Stimme nach.

Heimlich, vor den andern verborgen.

Zu den seltsamsten Stunden, in der Frühe, da sie wußte, daß sie in der Kirche sie finden würde, war sie stets bereit.

Und daß diese Kirche nicht die ihre war, daß diese Mysterien nirgends an die Ufer ihres Verstandes rührten, sondern nur auf den Wellen des Unbewußten sie umkreisten, hob all dies neue Erfahren zu einer Höhe, die von den Schauern fremder, glühender Trunkenheiten durchzittert war.

Hier in der Kirche, in der weichen Resonanz von Raum und Stille, erkannte sie ganz die unergründliche Schönheit dieser Stimme, die, durch die Fremdheit der Laute losgelöst von der Sprache des Alltags, nur tönender Klang geworden, sie zu geheimnisvollen Ufern hinübernahm, zu denen sie sich gelockt, verbunden und zugehörig fühlte, ohne noch die goldne Brücke zu kennen, zu der die schwellenden Logen der Kunst sich in ihr aufschnellen wollten.

Durch diesen neuen Traum tastete sich ihre Seele langsam zu den Quellen ihres Wesens hindurch. Träume sind es, die an unseren Wegen stehen und mit weichen Händen uns über die Schwelle heben, die zu den Erkenntnissen führt.

Und dieser Traum war von einer andern Melodie getragen als jener erste leiseste am Morgenhimmel ihrer verblassenden Kindheit. Er war umschwebt von dem tiefen Meeresrauschen der Orgel, in deren weltentief und himmelhoch brausenden Wellengängen alle Elemente des Seins und alle Kräfte eines übermächtigen Schöpferwillens sich begegneten, durch Sturm und Drang hindurch sich kreuzten, auflösten und wieder banden, um dann in grandioser Erschöpfung am Throne der Allmacht niederzusinken, dort, wo der Erzengel mit dem Schwerte der Reinheit die Wacht hält über die Schönheit der Welten.

Von dieser Höhenschöne umflutet blieb diese seltsame Herrlichkeit der Mannesstimme in ihrem Erinnern, die sie von der Herbheit und Schwere ihres drangvollen Suchens nach einem vollkommenen Wohllaut erlöste.

Um eine Qual ärmer war sie so geworden.

Über tausend neue Qualen brachen durch diese geöffneten Pforten über sie herein.

Denn als ihr Ohr seine Entzückungen erlebt und ihre Seele, vollgesogen an dem Honig dieser Töne, eine volle Entspannung und beglückende Ruhe zu fühlen begann, die mit jeder Erfüllung einer starken Sehnsucht über sie kommt – fielen die Wellen jener Stimme plötzlich in andere Regionen ihres Wesens. Durchrauschten ihr Blut, spielten aus ihren Nerven und tauchten ihr ganzes Wesen in eine purpurne Finsternis, aus der weder Weg noch Steg zu irgendeinem sicheren Ufer zu führen schien.

Sie fühlte wieder den alles umreißenden Rausch jener furchtbar seligen Sekunde, die sie damals in weitweiter Zeiten Nebel sinnlos zu dem Wanne rissen, dessen Geigenspiel sie bis in die Tiefen ihres Rindwesens wie ein Blitz getroffen und verwundet hatte.

Und wie die Morgenröte aufbricht an den erwachenden Himmeln. Mit zarten, leisen und keuschen Farben ihren ganzen Horizont bedeckt, bis er, im goldenen Glührot aufleuchtend, die Sehnsucht der Erde mit seligen Ahnungen und Schauern erfüllt, ohne noch an die letzten Flammen ihres wartenden Schoßes zu rühren –

So überströmt die Morgendämmerung der ersten Liebesseligkeit das erwachende Weib mit jenem übersinnlich sinnlichen Erglühen, das, nur von leisen Ahnungen und fernen Träumen genährt, das erschauernde Blut mit seltsamem Bangen, Grauen und Seligkeiten überflutet, zu dessen dunklen Unergründlichkeiten die arme, noch so nackte und leere Seele weder Eingang noch Ausgang findet.

Der erste Ruf

Aber durch alle Verwirrung hindurch, über alle Dunkelheiten hinweg leuchtete an der Schwelle ihres Wesens wie ein weisendes Licht die bebende Lust an dem Wellenspiel der Töne, an deren Unendlichkeit sie sich in voller Selbstvergessenheit verlieren konnte, jener erdfernen Vergessenheit, welche die Heimat der Künstlerseele ist.

Und zur Kunst trieb es sie hin.

Zur heiligsten der Künste, der Musik.

Hinter der Armut ihrer Erfahrungen und der Begrenztheit ihres Wissens lag in ihrer Seele wie ein heimlicher See, unbegrenzt und voll Bewegung, die Ahnung von der ewigen Schönheit der Welt der Töne.

Weit offen standen in ihr die Pforten der Empfängnis, zu denen jeder Klang und Sang und alle Wehen ihren Weg fanden, die den Herzschlag des Alls umkreisen und den Rhythmus seiner Sphären in die Unendlichkeit der Melodien lösen. Und in der Überfülle ihrer eigenen schwellenden

Sehnsucht stand sie verwirrt vor dem gewaltigen Reichtum der tönenden Dinge, die, scheinbar ohne eigenes Leben, nur des Atems der Menschenseele harren, um sich in ein bebendes Meer von Harmonien auszulösen.

Zwischen Orgel und Geige schwebte ihre Lust.

Der letzte Rausch ihres noch so jungen Erlebens lockte sie zu der Unendlichkeit der Weltenräume, zu denen der Orgelton die goldnen Schlüssel birgt.

Aber die frühere blasse, zarte und ferne Stimme der Geige hauchte leise lockend ihre süße Verführung in ihr junges Blut.

Ja, sie war jung. Sie brauchte den Tanz.

Und welches der vielen tönenden Dinge konnte so lachend und berauschend, so wiegend und schmeichelnd über Erde und Himmel, Abgründe und Seligkeiten hinwegtanzen wie die Gottmenschlichkeit dieses zarten, bebenden Holzes, das mit seinem Tönen die Seelen aus der armen Menschenbrust erlöst, wo sie in bitterer Gefangenschaft ihrer Befreiung harren, um selbst Ton zu werden und sich für glückvolle Augenblicke wieder mit den Harmonien der Sphären zu verbinden, aus denen sie genommen waren. Immer tiefer schmolz ihr eigner Wesenston mit dem Schwunge der ewigen Schönheit zusammen, die aus dem Urgetön der Allbewegung das Lauschen der Kreatur mit überseliger Ergriffenheit erfüllt.

Vom Ahnen zum Erkennen, vom Wissen zum Meistern ging nun ihr mühevoller und doch von einer seltsamen Beglückung umspielter Weg die Höhen ihrer erwählten Kunst hinan.

Und jener schwingende, singende und berauschende Klang, der aus fernster Erinnerung in ihrem Blute geblieben, ging wie eine drängende Lockung neben ihrem Wege, und ihr gespanntes Lauschen aus diesen seligen Klang führte sie Schritt um Schritt zu ihrer eigenen Schönheitsinsel, die unter tausend andern im Meere der Unendlichkeit lag.

An jenem Klang maß sie sich selbst und hatte damit ein unbeirrbar Gemäß für das einzig zu Nehmende und Begehrenswerte in der unfaßbaren Unbegrenztheit der Möglichkeiten dieser Kunst. Und immer noch lauschte sie wie auf ein Fernes, Fremdes, auf jene singende Lockung, als die Melodie derselben schon längst in ihr Eigenstes eingeglüht war und dem Klang ihrer Geige jene berauschenden Düfte und Farben entströmten, wie sie den seltsam fremden Blumen eigen, die an den fernen Gestaden unserer Sehnsucht blühen. Und an dem Spiel der Rhythmen, in dem die Geheimnisse unserer Wesenheit verwurzelt sind, ward ihr Blut wach, und erkannte sie die geheime Melodie seiner Kreisungen, und Herz und Sinne füllten sich ihr mit der süßen Unrast und schwellenden Bereitschaft, die ihr ganzes Wesen gleichsam mit dem sehnsüchtigen Hauch des berauschenden Föhnwindes umhüllten.

Sie stand nun aus dem Höhepunkte, wo die zarte Knospe des Weibtums sich fast plötzlich zu leuchtender Blüte entfaltet. Nur eine kurze Spanne währt diese Gnadenschöne, und dem sie zufällig zu schauen gegeben, vergißt den Rausch und den Glanz dieser Stunde nicht.

Und da es ein Mann war, der sie so im Leuchten dieser königlichen Stunde sah, jagte der berückende Rausch dieser göttlichen Trunkenheit sein Blut über die User der Besonnenheit, und, hingerissen von dem seligen Zauber, in dem die Natur ihre heimlichsten Wunder vor seinen verzückten Rügen ausbreitete, vergaß er sein selbst und all dessen, was zwischen ihm und ihr als heilige Warnung stand, und wie ein Sturm stürzte es über ihr zusammen, was sein ausglühendes Blut an Rausch und Leidenschaft zu geben hatte.

Wie eine Brandfackel, die plötzlich in den Kern der Erde fällt und alle bislang ruhenden Geheimnisse der Tiefe jach zu lodernder Flamme ausströmen läßt – so fiel der erste Kuß in Lolla's lauschendes Blut. In einer Sekunde Schnelle veränderte er das Klima ihrer Seele und wandelte sie zu einer neuen Welt. Bislang unentdeckte Gärten erblühten unter dem heißen Brodem seiner schöpferischen Gewalt. Gärten, die von seltsam fremden Düften umschwellt, von blendendem Lichte ferner Zonen überstrahlt, von einem Chor singender Seligkeiten durchtönt waren und das erschauernde Blut mit dem hinreißenden Jubelgesang des Lebens erfüllten.

So zu völliger Vergessenheit gelöst, lag sie in seinen Armen. –

Daß es ihr Lehrer war, zu dem sie bisher in scheuer Ehrfurcht aufgeblickt, aus dessen Kraft sie allen füllenden Reichtum genommen, dessen strenger Kunst sie sich willig gebeugt, all das war ausgelöscht in dieser Minute schweigender Ekstase, in der die entfesselten Gewalten ihrer erweckten Sinne unter dem ersten Kusse zu jenen schwingenden Rhythmen wurden, die alle Geheimnisse des Lebens umfließen, und die für selige Augenblicke die weltentrückte Seele ihre enge Verbundenheit mit diesen ewig schwingenden Rhythmen des Alls ahnungsvoll erkennen lassen. –

Nun trug sie das Mal an ihrer Seele.

Den Schauer in ihrem Blute.

Wie eine Gezeichnete und Gesegnete zugleich ging sie einher.

Unter dem ersten Kusse starb etwas in ihr.

Etwas unendlich Herrliches, Schmerzhaftes war es. Ein Ungreifbares und Unbegreifbares. Und doch so deutlich fühlbar als ein unwiederbringlich Verlorenes.

Wie wenn aus weite, weiße Schneestille die Sonnenhöhe die blauen Schatten der Dinge ausstreut.

So zart und schleierhaft verhuschend und doch die blendende, ungehemmte Weiße der leuchtenden Schneestille verdunkelnd, fielen die Schatten dieses Erlebens über die Reine ihrer Stille, und ob sie gleich nimmermehr die Süße dieser Verschattung hätte missen wollen, es blieb wie eine Wunde, eine Qual und heimliche Scham in ihr davon zurück.

Sie konnte dem Manne kaum mehr in die Augen schauen. Ihr Herz pochte, und ihre Pulse flogen ihm zu. Und dennoch duldete sie seine Annäherung nicht mehr.

Etwas in ihr wurde kalt und hart, wenn er es wieder wagte, ihr nahezukommen. In der Überraschung seines jähen Überfalles und der Erlösung zu lange und qualvoll erwarteter Erkenntnis hatte alle Besinnung sie verlassen.

Nun aber fühlte sie, daß nur ein Teil in ihr sich von diesem Manne hatte nehmen lassen. Daß etwas in ihr ihn liebte und nach dem erkannten Rausche begehrte, anderes aber ihm bis zum Entsetzen widerstrebte.

Hellseherisch durch die Keusche ihres Wesens, sah sie ihn nicht mehr mit den Augen der von ihm zur Kunst Geführten. Sie sah ihn plötzlich mit den spürenden Blicken des liebereifen Weibes als Mann und fühlte an den schneidenden Widersprüchen ihrer Begehrungen und Empörungen zu ihm und gegen ihn, daß es nicht die Flamme des großen Eros war, mit der er die heimliche Landschaft ihrer Seele überstrahlt hatte, sondern nur die kurze Stundenleuchte schwelender Funken, die fort und fort im kreisenden Blute züngeln und die heiligen Gluten der Leidenschaft zu leichtem Spiel und Sieg ungebändigter Triebe verschwenden. Daß nichts in ihr jener erlösenden Ergriffenheit erlag, die das bebende Zeichen der beseligenden Bereitschaft zu den letzten Dingen der Liebe ist.

Zudem hatte er Weib und Kind. –

So geschah es, daß sie erklärte, nichts mehr bei diesem Lehrer lernen zu können.

Und da es an der Zeit war, daß sich ihr neue Horizonte auftaten, ließ man sie über die Schwelle der Heimat in die Welt der Ferne und Fremde treten.

Licht

So von der fassungslosen Sehnsucht erster Dämmerungen befreit, stand sie nun vor der Schwelle kommender Erfüllungen. Ihrer eigenen Macht bewußt geworden und von schwellender Ahnung getragen, wartete sie der segnenden Begegnung, in der die Übermacht des stärkeren Poles sie mit den dunklen Geheimnissen seiner zeugenden Kräfte überschatten würde.

Der erste lockende Ruf, der ihr Blut getroffen, weckte alles Ruhende in ihr zu vollem Aufruhr. Ihre Sinne wurden scharf und hell. Leichtsichtig und feinhörig stand sie nun in ihrer Kunst. Was sie bislang wie hohe dunkle

Mauern umstanden, lichtete und ebnete sich, rollte sich zu weiten Fernsichten auf und wurde durchsichtig wie Glas, durch das sie in seltsame Weiten zu schauen vermochte. Sie wurde Herr ihrer selbst, ihres Instrumentes, ihrer Kunst. –

Und so aufgeblüht zur letzten flammenden Lust des Seins, die alles Erschaffene mit ihrem tönenden Wellenspiel umbrandet, trat sie das erstemal vor die lauschende Erwartung eines vollgedrängten Saales hin.

Sie spielte die Kreutzersonate. Dieses Wunderwerk voll tiefster Versunkenheit in den Schöpferodem des Alls, voll ausgelöster Hingabe an den heischenden Urwillen der zeugenden Lebenskräfte des Seins.

Mit dem ersten Ton war alles Seelische umher in ihrem Bann.

Mit keuscher Andacht öffnete sie den heiligen Schrein auf dem Altare des Lebens. Zug um Zug enthüllte sich unter den schwebenden Tönen ihrer Geige die starre Sphinxgestalt, die, heißer Lockung voll und dennoch antwortlos, im goldnen Schreine ruhte.

In der wogenden Glut der lockenden und lösenden Rhythmen fing sie mählich an, ihre harten, schmerzhaften Grenzen zu verlieren, das lichtlose Steingebilde wurde durchsichtig und begann in leisen Farben zu verschmelzen, die strenge Augenleere, die wie der furchtbare Kreis ewig stummer Frage das herbe Antlitz umdrohte, erhielt Blick und Seele und wurde mählich süßer Antwort voll. So Zug um Zug löschte das flammende Spiel der göttlichsten der Musen alle Starre und Qual des ruhenden Antlitzes, nahm alle Härte seiner Form in die Bewegtheit seines lösenden Elementes, und mit dem Triumph der eigenen Aufgelöstheit zur letzten mystischen Ungebundenheit sprengte es die Fesseln seiner selbst und des Geheimnisses, das es zu durchdringen strebte. Und die atemlos lauschenden Seelen schauten in das leuchtende Wunder.

Statt der steinstarren Schicksalsfrage entschwebte den leidenschaftdurchbebten Klängen lichtumflossen das von seligstem Leid und schmerzlichster Lust durchstrahlte Antlitz der Medusa Ludovisi, deren herbe und keusche Schönheit jede Antwort unter den, in tiefster Bewegtheit geschlossenen Lidern zu tragen scheint, die noch trunken sind von jener tiefsten Glücksergriffenheit, die zugleich den höchsten Schmerz umschließt.

Die Geige war nur noch Klang.

Alle Materie in ihr schien gleichsam aufgelöst in schwingende Unendlichkeit. Die strengen Gesetze ihrer Kunst waren aufgehoben und eins geworden mit der Seele, die sie meisterte. Es war nur noch die Stimme des Gottes, die den Raum erfüllte. –

Lolla‘s Kunst hatte die Feuertaufe empfangen. Sie war eins geworden mit der Unendlichkeit des tönenden Alls. –

Und der mit ihr das andere Instrument gemeistert, von dessen weit ausladenden dunkleren Wellenströmen sich die sphärisch lichten Tongebilde der Geige in schimmernder Farbenherrlichkeit wie von einem goldnen Hintergrunde abhoben –

Dieses Mannes Blut kreiste in fiebernden Gluten durch seine Pulse. Ein wildes Chaos überquellender Hingerissenheit krampfte ihm jeden Nerv zu schmerzvoller Verlorenheit an diese Seele, die, des Gottes voll, sich ihm bis ins Letzte enthüllte und durchsichtig, nackt und hilflos, nur von dem glühenden Mantel der Kunst zusammengehalten, neben den sprengenden Blutstößen seines Herzens stand. –

Er selbst, ein junger Meister der Tonkunst, fühlte hier, daß da Erfüllung zu Erfüllung kam.

Ein schier unumgreifbar Maß von Höhe zu Höhe.

Ihre Seelen ertrugen diese überlebensstarke Erregung nicht länger.

Als er zu ihr in den Wagen gestiegen war, lagen sie sich in den Armen.

Mund an Mund. Jagendes Blut zu jagendem Blute.

Trunkenheit ihrer selbst in der des andern aufrauschend, sich zu schmerzvoller Verzückung verschwelgend, bis, Flut in Flut sich glühend mengend, die glückvolle Stille erlöster Harmonien über sie kam.

So jedes im letzten Wesenskerne todwund von dem andern getroffen, durch die gemeisterte Kunst zur Schwelle der Gottheit gehoben, ward ihnen Seele und Wille und Blut zu solcher Verstocktheit ineinandergeflochten, daß nur noch die Hand des blinden Gottes sie zu ihrem Wege führen konnte.

So brach die Ehe wie ein neues Leben über Lolla herein. Und wandelte allen Traum und alle Sehnsucht, die ihr bislang die Seele beschwert und den hohen Glanz ihrer Kunst noch mit einer leisen letzten Dämpfung überschattet hatten, zu leuchtendem Lichte im tiefsten Erkennen ihrer selbst und des andern.

Ganz zur vollen Reife erwacht, übersah sie jetzt die Gefilde der Kunst mit neuem, wesensvollerem Blicke und fühlte, daß der Unendlichkeit der Melodien des Alls die eigene Unendlichkeit in ihr immerfort Antwort zu geben haben würde.

Taumel

Wie ein Flug war nun ihre Zeit.

Ein Wachstum ohnegleichen zu sich selbst und zu ihrer beider Kunst.

Sie lebten sich und ihrer Kunst.

Immer inniger eindringend in ihre Gegenseitigkeit, einander immer tiefer erfassend, getragen von der großen Liebe, die Befreiung von dem quälenden Bann der allzu nahen Nähe zu sich selbst ist, schwand ihnen Zeit und Raum, und sie fühlten nur die starke schwingende Linie ihres Weges, der über ihre erlöste Ichheit zu den rauschenden Quellen trunkener Schaffenswonne führte, allwo der schöpferische Menschengeist für ekstatische Augenblicke sich von dem Atem der Gottheit umweht fühlt.

Aus ihren Umarmungen nahmen sie immer wieder die tragenden Schwingen zur Höhe, den lockenden Klang zu der Endlosigkeit des Lebenssanges, die unirrbare Sicherheit zu dem steil auswärts gerichteten Ziele ihres schaffenden Willens. –

Das Kind blieb außerhalb ihres Wunsches.

Der Schaffende ist über diese allzu erdenhafte Erfüllung seines Wesens hinausgehoben.

Er ist von einer andern Erfülltheit bestimmt, zu anderer Götter Dienst geweiht als der Sterbliche, der nur im Kinde seiner selbst gewahr wird und sich weiterzugeben vermag.

Der Schaffende gibt seine Seele an das Leben.

Eine schmerzvollere und opferträchtigere Gabe an Gott und Menschheit ist nicht zu denken.

Und so sind denn seines Blutes Wellen zu andern Ufern gesonnen, zu ferneren und lichteren Zeugungen beschwingt.

Alles Fiebern seines Blutes, die Ekstasen seiner Umarmungen greifen zu andern Himmeln und schmelzen mit den Grenzen der Gottheit zusammen.

So daß der Überschwang seiner geschlechtlichen Entzündungen nicht zum stillen Herdfeuer der fortpflanzenden Art sich schwächen kann.

Es würde immer ein Zuviel oder Zuwenig sein, das er dem Kindeskeime mitzugeben hätte. Und das unglückliche Wesen nähme dieses Stigma des Übermenschentums in der allzu großen Erschütterung seines leisen Anfanges durch seine Tage hin. Zwischen Wahnsinn und Schwachsinn hinge die Wage seines Werdens.

Und dieses Furchtbare der Wahrscheinlichkeit löscht, unbewußt um seine tief verborgenen Gründe, in dem schaffenden Künstler allen Wunsch und Willen zum Kinde aus.

Und sind dennoch seine Schaffungen nicht gleichen Wertes voll?

Oder vielmehr, da sie so seltener Wesenheiten zu ihrem Erscheinen bedürfen, nicht weit erhaben an Wirkung und Seherkraft über alle Horizonte, die je von den Erben seiner Leiblichkeit in einer Generationenreihe erreicht werden könnten. So muß der Schaffende sich genügen lassen an der Weitergabe des zeugenden Feueratems der Kunst, der Tausende der andern – der Sterblichen – wiederum zu jenen glühenden Verzückungen lebensprühender Umarmungen beflügelt und berauscht, aus denen die begnadeten Kinder der Menschheit ihren lichten Anfang finden, und die, wiederum zur Weitergabe des heiligen Feuers erkoren, so im letzten Grunde Wesen seines Wesens in sich bergen und damit die Zeugungskraft des großen Schaffenden dennoch unvergeudet über weite Zeiten tragen.

Aber auch das geschieht dem Menschen der Kunst, dem Schaffenden und Überreichen an sich selbst, daß ihm plötzlich der schäumende Becher der Lust schal und leer wird, die lodernde Flamme seines Blutes niedergebrannt zu Loden sinkt und das Göttermahl der Liebe für ihn alle Kränze und Tänze verliert.

Ausgekostet bis zur Neige ist das Gesäß der Leidenschaft, das ihm bislang jeden Rausch der Höhe und Tiefe kredenzte, von dem er sich Brand und Flügel nahm zu seiner Welten Umkreis, an dem er in taumelnder Aufgelöstheit tausend Tode und Auferstehungen gefeiert. In den Harmonien und Disharmonien verglühender Hingabe verschmelzend, lösen sich die Liebenden endlich so in eins und ewig aus, daß alles in beiden zu einer Ichheit verwachsen, den Widerhall von du und ich verliert, jenen Doppelklang, der, wie alle Dualität, das letzte und tiefste Geheimnis jeder Fruchtbarkeit bleibt, aus dem allem Schaffen seine feinste Schwingung erblüht.

An diesem toten Punkt, der aller Leidenschaften Höhe wartet, bleibt dem Sterblichen noch das Kind, das dem Ringe der Ehe immerhin ein Neues, ein Mehr zu geben hat, das der Ich gewordenen Zweiheit immer noch ein Außerhalb seiner selbst, ein neues Du gebiert.

Der Unsterbliche aber vergeht an seiner Liebe.

Um wieder neu zu ihr aufzuerstehen.

Endlos unbefriedigt greifen immerfort schmerzhaft seiner Sehnsucht Hände zu unerreichbaren Horizonten.

Zu neuen Gefilden drängt das noch Ungeborene in ihm. Zu neuen Begegnungen und tieferen Versenkungen, bebenderen Lockungen und ausschweifenderen Verschwendungen reißt es sein durchflammtes Wesen, das aus den furchtbaren Gewalten übererdenhafter Zeugungskräfte seinen Anstoß und Ausstieg nimmt und dessen Durchgangslinie sich immer in den Kurven des Leidens an sich selbst vollzieht.

So ward es den beiden zuteil.

Und da sie beide zu den Leiderwählten gehörten, verstanden sie einander auch in diesem ungeheuren Schmerz.

Leer. Ausgeschöpft. Ohne Ton und Stimme standen sie einander gegenüber.

Und doch schrie alles in ihnen nach einer neuen Grenzenlosigkeit, nach neuen Dunkelheiten des Chaos, das die Unerschöpflichkeiten ewiger Keimungen in sich birgt.

Es war zu hell zwischen ihnen geworden. Und alles Schaffen braucht die tiefen Abgründe der Finsternis. Ist ein stetes Gebären aus dem Nichts, das letzten Grundes das ganze All umschließt. –

Sie gingen auseinander.

Das Schweigen des Schmerzes blieb lange um sie her.

Bis die herrliche Gewalt des Schöpferwillens sie weiterriß zu den neuen Brandungen, deren sie bedurften, um wieder zu den grünen Ufern der ewig lockenden Fernen zu gelangen.

Als sie sich nach vieler Wege Zeiten wieder begegneten, reichten sie sich die Hände wie zwei Seelenwanderer, die einst sich erkannten aus anderer Sterne Bahn. –

Der Abschied war Vernichtung und Erlösung zugleich.

War Tod und Auferstehen.

Frau Lolla fühlte wieder die ganze Weite der Freiheit sich umwehen, die Jubel ist und Bausch nach langer Verkettung mit dem andern Sein, das dem Schaffenden eine stete Notdurft und stete Fesselung zugleich ist.

Sie blickte nun hinaus über eine leuchtende Ebene, die sanft und lockend zu noch unbekannten Horizonten glitt. Die Ebene, die so viele Verheißungen hat und von einer Flut von Möglichkeiten zu neuem Aufstieg und Aufflug überstürzt scheint.

In völliger Selbstvergessenheit verlor sie sich an diese Flut der Erfüllungen, die ihrer warteten.

Ein Etwas in ihr verschlang für eine Zeit jede Besinnung und alle Stille. Ein nicht zu Bändigendes sprengte die festen Kreise, die bislang ihr Wille fest umschlossen hielt.

Auf dem Gipfel ihrer Kunst, zu berauschenden Höhen getragen von den vulkanischen Kräften der um sie und durch sie entfesselten Ekstasen, war sie nur noch Flamme, Brand und Sturm.

Und lebte dem Taumel der Stunde, an der sie immer wieder zu weiterem und höherem Fluge sich aufgeschlossen fühlte. So von allen sieben Farben der Liebe umstrahlt, erbebten die Prismen ihrer Seele in leuchtender Schöne.

Neue Ufer

Aber auch Stürme und Fieber und Taumel verloren langsam ihre aufwärtsschwingenden Impulse. Sie erwachte eines Tages aus ihnen und erkannte, daß sie in die Irre gegangen war.

Daß Sammlung und Stille die verfahrenen Kräfte wieder zu einem festen Ringe zusammenschließen mußten, wenn ihre Kunst in dem auflösenden Aufruhr ihres Erlebens nicht bis in die Wurzeln erschüttert und zerstört werden sollte.

Sie kehrte zu sich selbst zurück.

Beladen mit einem Reichtum ohne Grenzen.

Und nahm mit zärtlichen Händen ihre langentbehrte Einsamkeit an ihr Herz, das in seinen reinsten Augenblicken an der Sehnsucht nach ihr fort und fort ein schweres Leid getragen. Alle Festgewänder und Kränze, der laute Jubel und der zehrende Brand fielen von ihr ab, die hundert Masken, hinter denen ihr Wesen sich geflüchtet, um jedem Neuen selbst ein Neues sein zu können, starrten sie leer und leblos an, als wenn sie nie eins mit ihr gewesen.

In dem schweigenden Heiligtum der Einsamkeit fanden sich aus den tausend Liedern, die sie umtönt und berauscht hatten, ihre eigenen Melodien zu ihr zurück.

Aus dem reinen Spiegel ihrer Kunst blickte ihr wieder ihr eigenes Bild entgegen.

An ihr wurde sie in sanfter Wandlung wieder rein und reif zu einer neuen Liebe, die lange abseits ihrer Wege ihrer gewartet hatte.

Und aus den gefährlichen Verwirrungen schrankenloser Freiheit flüchtete sie wieder zu dem stillen Tempel der Ehe, an deren Altären die heiligen Kerzen brannten, in deren stillem Lichte die müde gewordene Seele von allzuviel Blendung und Rausch ausruhen konnte.

Diesmal war es nicht Kunst, das sich zusammenfand.

Ein Arzt war es, der sie aus den Zeiten kannte, da ihr von der Seele krankhaft überlasteter Körper zusammengebrochen, der Gnade seines wissenden Willens ausgeliefert war.

Er gehörte zu den Seltenen seiner Art.

Zu jenen, die sich zu opfern wissen, die nicht mit rohen Händen die Schleier der geheimnisvollen Kräfte zerreißen, sondern nur neben ihnen Lauscher und Helfer zu sein sich bescheiden können.

So kam es, daß sie diese Hände lieben mußte, die gütig und linde ihre Schwäche über die Schwelle hoben zu neuer Umschau und Belebung.

Anders war dieser Zusammenklang als der Sturmgesang ihrer ersten Erkenntnisse im Tempel der Liebe.

Stille, Frieden. Immer wieder eine Zuflucht und Geborgenheit nach den Unruhen, Befeuerungen und Ermattungen, mit denen die Jünger der Kunst ihren Höhenflug immer wieder einzulösen haben.

Warm und weich gebettet, von wissender Kraft getragen.

So fühlte sie sich von einer hingebenden Dankbarkeit gefesselt, die zuzeiten die Farbe und Stärke hinreißender Leidenschaft annehmen konnte.

Aber es schlummerten Gefahren an dem umhüteten Gestade dieser Beglückung.

Würde seine sanfte Stille die raschen Pulse ihres Blutes nicht erschlaffen, der Sturm und Drang ihrer streifenden Seele sich nicht wundstoßen an den engen Ufern, die es umgrenzten?

Eines Tages – würde sie nicht plötzlich wissen, daß Wirbel und Tanz und Glanz und Leuchten der großen, drohenden, vergewaltigenden Leidenschaft doch das war, wonach es sie in den heimlichen Winkeln ihrer tiefsten Gründe und Abgründe verlangte und drängte.

Würden dann die sanften Bande der Dankbarkeit Kraft und Schwere genug haben, um sie von Heischung und Flucht zu heißeren Zonen abzuhalten, von der brausenden Lust zu neuen Ausbrüchen der kochenden Vulkane, darinnen die Wurzeln ihres Wesens unheilvoll verankert waren? –

Mußte dann aller Dank, der ihr das Herz bis zum Rande füllte, sich in Bitterkeit und Ekel wandeln, mußten Ruhe und Sicherheit wieder Dinge der Qual werden, an denen sich ihre flugbestimmte Seele die bebenden Schwingen zerbrechen sollte? –

Mitten in der friedlich atmenden Stille ihres sanften Glückes fühlte Frau Lolla das ferne Anschlägen dieser drohenden Wellen. Mit Angst und Grauen und doch einem lustvollen Entzücken lauschte sie auf die wilde, himmelstürmende Sinfonie des Ozeans, dessen dunkle Wasser die seine, eintönige Melodie ihrer Tage in seinen brausenden Rhythmus zu verschlingen drohte. –

Ein gutes Geschick bewahrte sie vor der Erfüllung dieser nahenden Gesichte.

Der Tod nahm ihr den aus den Händen, den in seiner Liebe zu vernichten ihr ein bitterer Schmerz und dennoch eine unabweisbare Notwendigkeit geworden wäre.

Verklärung

Die Schatten des Todes verdüsterten ihre Zeit für lange hinaus. Engten den Raum ihrer Seele und schlossen gleichsam alle Tore der Sehnsucht zu den neuen Dingen der Ferne.

So ganz nahe zu sich selbst lebte sie ohne Wunsch und Unruhe in dem gläsernen Hause ihrer Kunst. Aus dem sie über alle Weiten schaute, an dessen Wände alle Bewegungen und Fluten ihre Wellen anwarfen, aber unwirklich und unwirksam an dem Wall dieser Wände abstürzten, ohne mit der Melodie ihrer Lockungen und Suchungen an ihre Sinne zu rühren. Hatte sie je vorher mit solch ausgelöster Selbstvergessenheit die heiligen Spiele der Kunst den Lauschenden gegeben? War sie je so ganz nur tönende Harfe gewesen, die, von allem Leid und Schmerz der Erde erbebend, nur noch die reine Stimme der Höhe durch sich hindurchgehen fühlte, und die sie in andachtsvollem Erschauern den draußen Wartenden weitergab.

Ihre Tage waren ernst und milde wie ein Gebet.

Und es war ein Wunsch in ihr, daß es so bleiben möge.

Aber zwiespältig ist der Sinn der Erde.

Zweilebig die im Irdischen wurzelnde Seele.

Die Flammen der Kunst, die zu allen Himmeln tragen, machen gleicherweise das Erdenhafte erglühen und spalten die gotttrunkene Lehnsucht, daß sie in dunkler Beschwerung schon mit den Füßen die Lust der Tiefe anrührt, während ihr strahlendes Haupt noch vom silbernen Lichte der Höhe umleuchtet ist. –

Noch einmal nahte ihr der Mann.

Kam ihr das stürzende Wellenspiel des Liebesrausches. –

Diesmal war es die Frühlingssüße der Jugend, die lockend an ihre eigene letzte Reise rührte.

Ein seltsamer Klang gegensätzlicher Akkorde, die zueinanderdrängten, Ausgleich suchend, ihre Disharmonien ineinander vermengend, um in dieser schmerzvollen Durchdringung zur eigenen erhöhten Harmonie zu gelangen, die, von seltsamen Klängen umrauscht, in ihrer beider Wesen sich in unvergeßlicher Schöne zu neuer Formung klärte.

Das Wissen um die Flüchtigkeit dieser Erlebung gab ihrer Weibesseele jene furchtbare Intensität von Lust und Qual, mit dem sich der Abgrund auftut, an dessen Finsternissen die letzten Flammen des Blutes verlöschen. –

Und ganz zu ihrer Form hingelebt, durch alles selige Weh und jede schmerzvolle Seligkeit hindurchgegangen – stand sie nun an der hohen, dunklen Pforte der Entsagungen, die jedem der Irdischen sich einmal öffnet.

Beladen aber mit allem strahlenden Glanze leuchtender, unsterblicher Erinnerungen, verlor der Schritt über diese letzte Schwelle im Tempel des Lebens alle Schwere und Härte, und klaglos überschritt sie diese, getragen und beflügelt von der wundervollen Sicherheit, von den Flammen des Weltenfeuers durchglüht und geläutert, Form geworden zu sein, Form, die aus den Elementen ihrer Wesenheit ein heiliges Gefäß des Lebens bildete. –

Nun war wieder die Ebene um sie her.

Aber keine lockenden Höhen umstanden sie mehr.

Sie selbst war Höhe geworden, mit dem Ausblick über das spiegelnde Meer strahlender und glückbeladener Erinnerungen, die ihr Geist und Seele mit einer Fruchtbarkeit ohne Ende erfüllten.

Frei, endgültig frei fühlte sie sich nun von den Elementen der Unruhe, die der Reiz und die Qual der Leidenschaft sind.

Leidenschaft ist Auflösung, Sturm, Unbegrenztheit und Verlorenheit an das Außerhalb des Ichs. Da dieses alles jetzt von ihr abfiel wie eine voll und schön durchreifte Frucht, schloß sich das Kreisende ihres Wesens zu einer neuen, von allen Erkenntnissen des Lebens tief durchsetzten Form ihrer Persönlichkeit zusammen, in der sie, wie in einer kristallnen Umhausung, sich selbst und alles Gegebene der Zeiten als etwas wundervoll Durchsichtiges und Geschlossenes empfand.

Alle erkannten Farben der Liebe spannten sich zu dem schimmernden siebenfarbigen Bogen, der ihre Erde an den Himmel band.

Da kam jenes geheimnisvolle Lächeln über sie, jenes seltsame, verwirrende, unergründliche Lächeln, das uns aus dem Bilde der Mona Lisa so rätselvoll anblickt. Jenes Lächeln, das wie der samtne Dufthauch ist, der über reifen Früchten liegt.

Jenes Lächeln, das aus der süßen Trunkenheit des Lebens erblüht, von dem spinnwebfeinen Spott des Wissenden leise überschleiert, dem Menschenantlitz die seine, klingende Note seiner Vollendung gibt.

Zwischen zwei Fenstern

Glührot leuchtete das Fenster. Leuchtete so stark und aufdringlich, daß die Blicke der vorübergehenden wie ein Magnet davon angezogen wurden.

Und da dem Fenster gegenüber ein sehr besuchter Wirtshausgarten lag, gab es der Augen genug, die immer wieder zu dem rotleuchtenden Fenster sich verloren, dessen glutroter Rahmen brennender Geranien den feinen Kopf eines Mädchens umlohte, das hier auf erhöhtem Sitz Tag um Tag das zarte Profil, umwuchert von einer lose flatternden Fülle tiefschwarzen Haares, den Vorübergehenden zukehrte.

Während ihre weißen und gut gepflegten Hände rastlos an der Arbeit waren, flog ab und zu immer wieder ein Blick ihrer dunklen Augen, die einen seltsam feuchtschimmernden Glanz ausstrahlten, zu dem Fensterspiegel hin, und wenn sie dann, wie es oft geschah, die Blicke der Vorübergehenden mit dem Ausdruck verblüffter Überraschung und Bewunderung auf sich gerichtet sah, huschte ihr eine feine Röte über die Wangen, und ein schnelles Lächeln des Triumphes umspielte den tiefroten Mund.

Bei aller Beweglichkeit ihres raschen Temperamentes achtete Madlon mit peinlicher Angst darauf, beim Aufstehen und Niedersitzen ihre Haltung genau so zu bewahren, daß man sie von draußen nur in einer ganz bestimmten, vor dem Spiegel lange eingeübten Pose sehen konnte, – denn sie wußte, daß es nur einer kleinen unvorsichtigen Wendung bedurfte, um all den Zauber, der von der etwas bizarren Linie ihres feinen Kopfes ausstrahlte, endgültig zu zerstören.

Denn gerade gegen diese eigenartige Schönheit des Kopfes war die Kontrastwirkung des verwachsenen und verschobenen Körpers doppelt stark und erschreckend. Und dieses plötzliche Erschrecken in den Augen, die eben noch feurig und lockend zu ihr hingesehen, dieses jähe Erlahmen und Abfallen des zu ihr hinflutenden Begehrens, diesem furchtbaren Augenblick tödlichster Qual, dem suchte sie immerfort auf raffiniertesten Umwegen zu entgehen. –

Tag um Tag sah man so die schöne Madlon in dem rotleuchtenden Rahmen dieses Fensters sitzen.

Tag um Tag flogen ihre behenden kleinen Hände durch allerlei bunten Plunder und schufen daraus die tausendundein reizenden Dinge, welche den Köpfen schöner Frauen jene letzte Vollendung geben, die eine gewisse Männerart kopf- und sinnlos ihnen zu Füßen zwingt.

Das war Madlons Element. Im Bunten wühlen. Über Farben herrschen, die schreiendsten Extreme zu einer unerhörten Harmonie bändigen. Jedes Werk ihrer fabelhaften Phantasie war ein Wagestück, und nur die tadellosesten Frauengesichter der Stadt konnten sich diese kecke Krönung ihrer Reize erlauben, ohne grotesk und beleidigend zu wirken.

Aber diese waren auch mit allen Fasern ihrer blühenden Eitelkeit an Madlons Künste gekettet, umschmeichelten und umgaukelten sie mit süßen Worten und Gaben und füllten ihr den schon recht bizarr ausgestatteten Raum ihrer Innenwelt mit einer Menge gefährlichen Überflüssigkeiten, für die sie ihre seelischen Spannungen weit über ihre Kräfte ausdehnen mußte. So, getragen von einer schwer gesättigten Dunstwolke überhitzter Schmeichelei und umschwebt von den lauen, erschlaffenden Dunstwellen der weit über ihren Horizont reichenden Welt der eleganten Dame, lebte Madlon recht eigentlich ein fremdes Leben. Das Leben all dieser müßigen, leeren, von lauter Nichtigkeiten aufgeblähten Frauenseelen ließ seine tanzenden Schatten in ihrem Zimmer zurück, und all die kleinen Vertraulichkeiten, mit denen sie Madlon ansprühten und damit zugleich sich selbst angenehm entlasteten, nahmen dann in ihren einsamen Stunden Form und Farben an und durchwirkten und erfüllten Madlons arme, kleine, sehnsüchtige Seele bis zum Rande mit tausend schmerzlichen, unerfüllbaren Träumen, die ihr wie allzu schwerer Wein Herz und Nerven zu wirrem Rausch verknäulten.

Ein Potpourri von vielen Melodien schwirrte in ihrem Kopfe. Lauter Ansätze und Anfänge, die sich nie zu einer vollen Harmonie zusammenschlossen, Leitmotive, die, unausgebaut und unerlöst, frei in der Luft schwebten und zu unzähligen Wegen wiesen, die aber nirgendhin zu einem Ufer oder Ziele führten, so daß Madlon oft unter dem Andrang und der Überfülle der Gedanken und Bilder, die ihr aus all dem fremden Erleben zuströmten, ihr eigenes Leben seltsam überlastet und sich selbst merkwürdig unwirklich empfand.

Die sechs Tage der Woche hindurch kam ihr das nicht so voll zum Bewußtsein. Da war ihre Arbeit, an der sie eine glühende Freude hatte, da war der köstliche Augenblick der Vollendung einer der feinen Kostbarkeiten weiblichen Zierates, jener Augenblick, in dem sie, trunken von Lust an sich selbst die schöpferische Beglückung des Künstlers genoß, dem es gelingt, das Gebilde seiner Ideen in ein plastisch Greifbares umzusetzen. Und zuletzt noch jener Moment, da sie in den Augen der andern die Raketen der Freude aussprühen sah, die besser als Worte ihr die heiße Entzückung über das Geschaffene verkündeten, die als letzter und süßester Tropfen in den Becher ihrer Lust fiel.

In diesem Dreitakt der seelischen Bewegung ging die Woche zu Ende. Die inneren Erregungen und fiebernden Kreuzungen ihres so vielfach an- und aufgeregten Gefühlslebens blieben gleichsam wie unter der Sordine zu dumpfem Halblaut gedämpft, im Hintergrunde ihres Empfindens, aus dem aber hin und wieder ein aufstürzender Ton hervorbrach, der wie fernes Wetterleuchten die Schwüle ihres Zustandes verriet. –

Aber der Sonntag. Und sonderlich zur Sommerzeit.

Da war alles losgelassen in ihr.

Da fuhr sie sechsspännig über die unermeßliche Ebene ihrer wilden Wünsche und wirren Sehnsüchte. Alle Ekstasen einer sentimentalen Frömmigkeit und bacchantischen Lust zu allen Reizungen des Blutes überfielen sie an diesem Tage der Freiheit mit den Schauern dämonisch aufgewühlter Lust und schwermütiger Sehnsucht nach den von Weihrauch durchdufteten Gefilden überirdischer Beseligungen.

Zur Kirche ging sie dennoch nicht.

Zu stark empfand sie die Last, die aus den Empfindungswellen einer Menschenmenge sich fast zur Greifbarkeit zusammenballt, und ihre krankhaft sensible Reizbarkeit fühlte sich unerträglich beschwert durch die sich so jäh kreuzenden Urteile, die der auffallende Zwiespalt ihrer Erscheinung immerfort zur Auslösung brachte.

Aber ihre Frömmigkeit feierte glühende Feste im stillen Raume ihres Schlafkämmerleins, dessen Fenster nach der entgegengesetzten Seite des andern, rotumrankten, lag.

Dieses Fenster schaute in eine ganz andere Welt.

Die stille, breite Vorortstraße führte hier zu einer kleinen Wallfahrtskapelle, die hoch oben über sanften Rebenhügeln mit ihren Kuppeln und Kreuzen aufragte.

Eine hohe, graue Mauer ging ein Stück der Straße mit. Terrassenförmig stieg über ihr der Waldgarten des Klosters empor. Dunkles Efeugehänge wucherte in schweren Wellen über die Mauer herab. Die Luft war beladen mit den honigsüßen Düften der blühenden Bäume und Sträucher, deren Blattwerk vom Wellenspiel der Vogelstimmen leise durchbebt wurde.

An der einen Seite fiel die Mauer mit einigen Stufen zur Straße herab und ließ ein Steinrund frei, über dem eine Tuffsteingruppe den heiligen Ölberg darstellte, vor dem die Figur Christi in tiefem Gebet versunken aus den Knien lag. Das Gestein bildete zur Steinplatte hin eine dunkle Grotte, in der hinter rotglühendem Glase ein ewiges Licht brannte.

Hohe Akazien schatteten über diesen stillen Winkel und umhüteten die Andacht der Betenden, die hier zu allen Stunden vor dem Bilde des göttlichen Schmerzes ihr tiefes Erdenleid in das ewige Erbarmen zu bergen kamen. –

In diesen blühenden Winkel voll übersinnlicher Geheimnisse schaute Madlon aus dem andern Fenster ihres kleinen Heims, hier saß sie jeden Sonntag der Sommerzeit. Das ewige Licht schimmerte träumerisch. Die Glocken der frommen Stadt umläuteten ihre Seele. Der Gesang der betenden Wallfahrer nahm sie wie auf schweren Flügeln zu höheren Sphären, und der herbe Weihrauchduft löste alles Erdgebundene in ihr zu einer sanften, träumerischen Wehmut, in der alles Unreine ihrer vielfältig gemischten Natur von ihr abfiel und sie die köstlichen Augenblicke völliger Erlösung von sich selbst mit heißen Schauern der Andacht genoß. –

Mit der ganzen Kraft ihres überspannten Zustandes feierte sie an diesem Fenster alle Feste seligster Verschmelzungen mit dem Überirdischen und die Entzückungen der Hingabe an das Unbegreifbare des Übersinnlichen, die ihr Seele und Sinne bis zum Rande mit einer seltsam bittersüßen Wonne füllten.

Am liebsten wäre sie selbst mit wehenden Fahnen ihrer blühenden Frömmigkeit all den langsam zur Kapellenhöhe hinschleichenden Wallfahrern vorangeeilt, mit ihrer glockenreinen Stimme deren flügellahme Seelen emporreißend zu den glühenden Berauschungen ihres gotttrunkenen Glaubens. Aber die andere Seite ihres Wesens, die aus der subtilsten Empfindung eines tiefwurzelnden Schönheitsbedürfnisses heraus ihren Grundton hatte, aus dem ihr ihre Stärken und ihre Schwächen wuchsen, erlaubte ihr auch hier nicht, ihre Mißgestalt den Augen der Menge preiszugeben, und so durchlebte sie die Ekstasen ihrer frommen Seele ebenso einsam wie die ihres sehnsuchtsschweren Blutes.

So kniete sie den sonntäglichen Vormittag in schier wollüstiger Demut an den Altären des Glaubens, von denen sie tiefgesättigt aufstand mit dem Gefühle, ohne jede Beschwerung über allen Abgründen der Erde hinzuschweben. –

Am Nachmittag aber schloß Madlon dieses Fenster. Sie ließ den Vorhang herunter, nahm leise und etwas verschämt den Schlüssel von der Gottestüre ihres Herzens, räumte Weihrauchduft und Gebetwonne, Andacht und Demut zart und behutsam in den Hintergrund ihrer Seele und ging mit festem Schritt zu dem zweiten Fenster, das auf der anderen Seite in eine andere Welt führte.

Hier webte und wogte ein gänzlich neues Bild. Hatte sie dort die Engelssüße des Meisters von Fiesole überschattet, brauste hier der tolle Rhythmus derben Überschwangs niederländischer Meister. Andere Register brachen lautere und härtere Töne in ihr auf, und das Wellenspiel ihres begehrlichen Blutes tanzte ungeduldig und sprühend über die straffgespannten Saiten ihrer Nerven.

Im Wirtshausgarten saß es dicht und voll von sonntagslustigen Menschen. Mädchen und Burschen nahe beieinander. Die Kellnerinnen drängten sich schwerbeladen zwischen Tische und Bänke durch. Der aufdringliche Geruch warmer Speisen und starker Getränke lag wie ein schwerer Brodem über dem Garten, strömte auf die Straße hinaus und mischte sich seltsam mit dem duftenden Sommerwind. Derbe Späße flogen hin und wider, Gläser klangen ineinander, und hier und da stiegen böse Worte und Gezänke wie Raketen in die linde, süße, blauende Luft.

Madlon saß am Fenster und las.

Ihre Damen versorgten sie mit Büchern, wahllos steckten sie ihr alles zu, was ihnen lästig geworden. Und Madlons rastlose Phantasie stürzte sich mit Heißhunger auf die gefährliche Beute.

Während, des Lesens aber flogen ihre Augen immer wieder zur Straße und zum Garten hin. Das fortwährende Kommen und Gehen hatte etwas seltsam Aufregendes, und ihr Ohr lauschte gespannt auf das laute Tongewirr, das schmerzlich und erregend in ihre Gedanken hineinstieß. Sie fühlte es sofort, wenn ein besonders starker Blick zu ihr heraufzielte. Ein Augenaufschlag voll Triumph und Beglückung ging dann von ihr zu den fremden Augen hin, sie genoß eine Sekunde, die wie Frage und Antwort war, dann war wieder alles vorüber – aber es blieb ein köstlicher Augenblick voll Rausch und Wärme und wohliger Erregung.

So zwischen der dreifach aufreizenden Wirkung von lockenden Tönen, begehrlichen Blicken und den schattenhaft über sie hinhuschenden Gedanken des Buches, verlebte sie ihre Sonntagnachmittage in jener vibrierenden Atmosphäre spannender Unruhe, die sie bis zum Rande mit einer dauernden Erwartung anfüllte, für welche sie unklar und fieberhaft immerfort auf eine Erfüllung und Auslösung wartete, niemals wissend, ob sie ihr dort aus dem lauten Getöse des immer lauter werdenden Gartens, aus den lachenden Blicken der Vorübergehenden oder aus den aufpeitschenden Glutworten des Buches kommen würde.

Aber kommen mußte etwas.

Das glaubte sie mit einer krankhaften Qual. Sie fühlte sich vergehen an dieser Qual. Die Kammern ihrer Seele waren zum Bersten voll von heftiger Lebenssehnsucht, von lockenden Gebilden ihrer übersteigerten Phantasie und dem wilden Begehren ihres rassigen Blutes, das durch das Kreuzfeuer des marternden Widerspruches zwischen ihrer auffallenden Schönheit und der furchtbaren Hemmung ihrer Auswirkung durch den so schmählich betrogenen Körper von einer besonderen Schärfe und fast perversen Bedrängnis durchsetzt war. –

Eines Sonntags war es. Ein sonnenschwüler Sommersonntagabend. Madlon saß wieder mit einem Buche am Fenster, das zum Wirtshausgarten schaute.

Es war spät geworden. Das Buch – es waren die Novellen Maupassants, die sich aus dem Boudoir einer ihrer vornehmen Damen zu ihr verirrt hatte – bebte leise in ihrer zitternden Hand. Der Wahnsinn der Leidenschaft, den dieser Dichter zu so ausschweifender Plastik zu gestalten weiß, umhüllte sie wie mit einer spröden Trockenheit, in der Nerven und Blut zu sprengender Spannung aufgebäumt waren.

Der schwüle Atem des Sommerabends drang zu ihr herein. Die derbe Lust im Garten füllte die Luft mit einer seltsam zügellos taumelnden Trunkenheit. Im Buche beugte sich eben ein fremder Mann zu einer fremden Frau, und beide gaben sich die kreisenden Träume ihres Blutes, ohne zu fragen, wer und woher. –

Da fühlte Madlon plötzlich den Strom eines Blickes aus sich gerichtet. Sie sah auf.

Gegenüber, an den Zaun des Gartens gelehnt, stand ein junger Mann. Gut gekleidet, schlank und feurig, und blickte zu ihr hin mit Augen, die mehr zu sagen hatten, als tausend Worte auszusprechen vermochten.

War das der Fremde, den sie eben in ihrem Buche erlebte, war sie die fremde Frau –

Wie unter einem Banne, fast willenlos und von einer seltsamen Kraft beherrscht, die von den Augen des Mannes zu ihr herströmte, erhob sich Madlon.

Sie ging wie schlafwandelnd zum Fenster, legte die Arme auf die Brüstung, neigte sich weit hinaus, den rufenden Augen entgegen. Einige Minuten blieben so die Blicke ineinander verkrampft. Ein wildes Hin und Her war zwischen ihnen. Ohne ein einziges Wort nahmen sich ihre Körper jäh und gewaltsam in Besitz.

Sekunden waren es nur, aber was bedeutet Zeit in der rasenden Rotation der Leidenschaft, in deren Schwingungen Ewigkeiten kreisen.

Es schien alles wie ein Traum.

Der Fremde riß sich mit einer zuckenden Bewegung aus seiner Versunkenheit, mit drei Schritten überquerte er die Straße.

Ein schneller Rhythmus erklang auf der Treppe. Die Türe öffnete sich, und wie der glutende Föhn Sturzbäche von den Bergen jagt, so stürzten die jagenden Wellen ihres Blutes zueinander.

Madlon fühlte die Aufgelöstheit aller schmerzhaft ertragenen Hemmungen in nebelhafter, wie in weiter Ferne von sich selbst erlebter Berauschung und Entzückung. Zugleich aber stand irgendwo klar und grausam das qualvolle Wissen, daß dieser eine, von langer Sehnsucht und wilden Träumen herbeigeborene Augenblick nie wieder zu ihr kommen würde. –

Als der Fremde gegangen war, blieb Madlon in trunkener Versunkenheit auf ihrem Lager. Stunde um Stunde verrann. Die Töne der Mitternachtsglocken glitten auf den Wellen der durchsichtigen, mondhellen Sommernacht zu ihr hin. Wie von einem purpurschweren Mantel leidvoller Süße umhüllt, bohrten sich ihre Gedanken stark wie ein loderndes Feuer in den einen kurzen, ewiglangen Augenblick, der alle schweigenden Brunnen des Lebens in ihr zu tanzender Seligkeit aufgestürmt hatte.

Ein Augenblick, der ihren Weg fortan begleiten würde als etwas Unverlierbares, etwas, das sie greifen und fassen und halten konnte als ihr Allereigenstes, der eingebrannt blieb in den Erinnerungen ihres Blutes, die sie wie zärtliche Kostbarkeiten im dunkelsten Schrein ihrer Seele hüten würde.

Gegen Morgen schlich sich Madlon leise vor das Haus. Am Ölberg, vor dem glühroten Licht der ewigen Lampe, sank sie schwer von glücksatter Ergriffenheit auf die Knie.

Ein trunkenes Beten und Stammeln und Danken war in ihr. Eine feine keusche Scham, die aber mit sanftem Lächeln sich selbst auslöschte. Und eine tiefe, stolze Dankbarkeit, daß jener köstliche Augenblick rein geblieben war von jeder demütigenden Erinnerung an die unheilbare Schwermut, mit der die Mißgestalt ihres Körpers sie immerfort erfüllte.

Diesen einen Augenblick eines vollen Triumphes ausgekostet zu haben, ließ sie wie von einer fernen Höhe mit zärtlicher Nachsicht auf ihren armen Körper herabblicken, den ihre sieghafte Schönheit im Feuerspiel der Leidenschaft überwunden, gleichsam eine göttliche Ewigkeit entlang gänzlich vernichtet hatte.

Der nie geküßte Mund

Die Fenster der kleinen Villa standen ringsum weit offen, als wollten sie die wollüstige Südwärme gierig einsaugen, um gegen die Kälte der Nacht Schutz und Widerstand aufzuspeichern. –

Ruf der Loggia, in kostbare Decken gehüllt, lag ein junges Weib. An den Glaswänden hingen die Zweige der gelben chinesischen Kletterrose wie schwere Vorhänge, die das grelle Südlicht zu sanfter Dämmerung abblendeten.

Ena schlief.

Leise erhob sich die Krankenschwester, sah mit einem sorgenden Blick zur Ruhenden hin und huschte weich und lautlos zur Türe hinaus.

Draußen rauschte das Meer. Die dumpfe Kadenz der an das Ufer stoßenden Wellen schwoll und verhauchte in schwermütiger Eintönigkeit und mischte sich mit den schwebenden Düften der Eukalypten und Orangen zu einer seltsamen Melodie voll honigschwerer Süße.

Mit diesem Umkreis tiefgesättigter Schönheit verwob sich die Gestalt des schlafenden Weibes zu einem Zustand atemloser Erwartung. Als harre alles aus den Augenblick, da diese stumm verschlossenen Lider sich auftun würden, um allem umher erst Wirklichkeit und Sein zu geben.

Voll Lockung und Rätsel war dieses Antlitz.

Wie alt mochte es sein?

Es gibt Gesichter, die sehr lange ohne jeden Verrat bleiben auf diese Frage. –

Das Leiden hatte diesen adelsrassigen, bis in die Fingerspitzen vollkommen gebauten Körper mit jener wehen Durchgeistigung umhüllt, welche gleichsam die letzte Idee des zeugenden Lebenswillens zu asketischer Reinheit herausmodelliert. –

Ena schlug die Augen aus.

Es war, als ob düstere Fackeln in einer tiefen Grotte auflohen. Eine schwermütige Unruhe, wie eine vor dem Sturme herwehende Flamme, bebte aus den großen, sammetweichen, von feuchten Glanzlichtern überstrahlten Augen.

Das blauschwarze Haar breitete sich in reicher Fülle wie geheimnisvolle Nachtschatten um das elfenbeinfeine Gesicht, in dem der glührot blühende Mund von einem leisen, welken Zug schmerzlicher Sehnsucht umdunkelt war.

Ena erhob sich mit dem Elan eines raschen, heißen Temperamentes, dem die Hemmungen des inneren Leidens aber sofort die überschätzte Spannung nahmen, so daß die Schritte müder und die Flammen der Augen stiller wurden, als sie sich bis zur Brüstung der Loggia hingeschlichen hatte.

Ena breitete die Arme gegen die blauende Inbrunst des gleißenden Südlichtes, ihre Brust hob und senkte sich und nahm mit tiefer Wollust all die weite Bläue und duftende Wärme in sich auf.

Und Ena sprach mit ihrem Herzen.

– Göttliches – Göttliches bist du, Schönheit –

Wie tust du mir wohl. Meinem wehen Leibe, meinem darbenden Blute – meiner meerestiefen, schmerzhaften Sehnsucht –

O Leben, Leben, bleibe – fliehe nicht vor meinen schwachen Schritten – mein ganzes Sein greift nach dir – ich liebe dich, Leben – Halte still – einen seligen, gewaltigen Augenblick, daß ich dir ins letzte Zeichen deiner abgrundtiefen Lockungen schaue und die Tore endlich offen finde, die du mir so hart verschlossen hältst.

Gehe nicht von mir, – Leben – ehe ich wissend wurde um dich. –

Schon war die Gewalt ihrer weitgespannten Seele wieder zuviel für die vom Leiden untergrabenen Kräfte.

Blaß und einer Ohnmacht nahe sank Ena gegen die Säule. Sie fühlte sich von den starken Armen der Schwester zart umfangen und linde und liebevoll zum Lager zurückgenommen.

– Ena, geliebte Ena, laß deine Kraft ruhen – laß alles ruhen in dir und an dir nur in der Ruhe kannst du genesen. –

– Ruhen – Ena stieß das Wort mit furchtbarem Hohn hinaus, – ruhen, ehe man gelebt – ich verzehre mich vor Sehnsucht nach dem Leben, und du sprichst von ruhen – Flammen sind in mir, und ich soll glimmen wie ein ausgelöschtes Licht. –

– Laß die Flammen deiner Seele zum Ewigen aufsteigen, so werden sie sanft gehen wie auf Taubenfüßen. –

– Der Ewige hat mich betrogen. –

Der Tod steht aus der Schwelle, ehe das Leben zu mir kam. –

– Wartet nicht das Leben hinter dem Tode – sagte die Nonne mit erschüttertem Herzen und redete mit ihrem Gotte in ihrer Sprache.

Ein leises Klopfen kam von der Tür. Die Nonne öffnete und ließ den Arzt herein.

Ein kleiner, beweglicher Mann trat ein, verbeugte sich elegant und tänzelte mit leichten Schritten zum Lager hin.

Der ziemlich simple Blick seiner Augen erhielt durch die scharfen Gläser einen intelligenteren Ausdruck, als ihnen zukam, und die hohe Leere über der Stirn rückte auch diese in eine geistigere Region, als sie an sich zu beanspruchen hatte.

Ena grüßte mit den Augen, dann schloß sie sie.

Dieser Mann machte sie durch seinen bloßen Anblick leiden. Die absolute Leere, die ihn umgab, und Stimme und Gesten zu rein automatischen Wirkungen brachte, reizte ihre Sensibilität bis zur Schmerzhaftigkeit. Aber da er ihr als einziger deutscher Arzt am Orte empfohlen war, blieb ihr keine Wahl.

– Komtesse sind heute sehr angegriffen –

– Gestatten, Komtesse, – und er näherte sich, um sie zu untersuchen.

Ena schleuderte einen Flammenblick über ihn hin. –

– Nun dann nicht – sagte er mit einem vergeblichen Versuch, überlegen zu lächeln.

– Hat Sie etwas besonders verstimmt heute? –

– Ist das Leben an sich nicht Verstimmung genug – und meines im besonderen. –

– Es kommt darauf an, wie man‘s sieht. Was kann Leben Besseres sein als ein Ruhen auf dem sicheren Grunde, der alle Wünsche erreichen läßt –

und Sie brauchen nur zu winken, und alle guten Dinge des Lebens kommen zu Ihnen. –

– Nur das Leben selbst nicht – rief Ena mit greller Stimme, die dem Manne wie ein Peitschenhieb über die Nerven fuhr. –

Er erhob sich. Er fühlte, daß da etwas in tieferen Gründen krank und leidend war, Gründen, zu denen er keinen Zugang hatte, und mit denen sich zu beschäftigen ihm gänzlich fern lag. Das Körperliche war sein Bereich, was ging das übrige ihn an.

– Komtesse ist aufgeregter, als für ihren Zustand gut ist –, sagte er draußen zur wartenden Schwester – ich werde den deutschen Priester schicken, der eben in der Kolonie angekommen ist. –

– Ist es schon so weit – fragte mit angstvoller Stimme die Nonne. –

– Nicht weiter, nicht näher als bisher – aber man kann bei diesen Kranken nie wissen. –

Und damit befreite er sich von dem peinlichen Gefühl einer Verantwortlichkeit für diese leidende Seele, die einen Augenblick wie ein flüchtiger Schatten gegen den leeren Raum seines Geistes angeflogen war.

– Der Kaplan aus der Kolonie will dir seinen Besuch machen – meldete die Nonne einige Tage später.

Ein fliegender Schrecken zuckte über Enas Gesicht.

– Nein – nein, Liebe – er besucht alle Deutschen am Ort. –

Ena atmete auf.

Der Kaplan trat ein.

Hoch, aufrecht, mit festem, von einem starken Willen gemäßigten Schritt kam er heran.

Das dunkle Haupt mit den großen, freien Zügen wirkte düster im ersten Eindruck. Aber das strahlende, fast feierliche Leuchten in den Augen und die bewegliche, nervöse Linie um den von seiner Sinnlichkeit geschwellten

Mund hellten jene Dunkelheit auf und brachten einen seltsam aufreizenden Widerspruch in das junge, allzu früh gereifte Angesicht.

Der Priester verbeugte sich weltmännisch sicher und mit geschmeidiger Würde.

Aber das Wort wollte nicht kommen zwischen ihnen.

Beider Blicke blieben ineinander haften. Mit krankhaft fiebernder Hast durchforschten Enas Gedanken diese neue Gestalt. Drangen in die Seele des Mannes. Ließen laute, brennende Fragen zu ihr hinschwirren und suchten die letzte Einsamkeit seines Wesens, um für die Unrast ihrer Qualen eine Schwelle der Ruhe zu finden.

In den Augen des Priesters stand erst ein großes Erstaunen. Er fühlte ein Erwarten, Wollen, in-Besitz-Genommenwerden, gleichsam ein jähes Erkanntwerden in den tiefsten Gründen seiner selbst, gegen das sich alles in ihm sträubte.

Zugleich aber fesselte ihn die flehende Eindringlichkeit dieser Augen, die wie Fackeln das wundervolle Antlitz überstrahlten, in deren überweiter, fiebernder Aufgeschlossenheit das schleichende Siechtum sich verriet, dem es bislang noch nicht gelungen war, diese makellose Schönheit unter seine Beschattung zu zwingen.

Und während dieser widerstreitenden Kreuzungen zwischen seiner verletzten Selbstsicherheit und gespannten Erwartung gingen aus dem heißen Atem des Schweigens ihrer beider Seelen einander entgegen und grüßten sich und wußten umeinander, ehe noch ein Laut zwischen ihnen war, und so kam es, daß, als endlich die Stille überwunden werden mußte, er mit viel näheren Worten zu ihr sprach, als ihm vorerst noch zukam.

– Wir sind beide fremde hier – sagte er, das gibt uns eine Heimat zueinander.

Ena lauschte betroffen.

Diese fremde Stimme kam wie aus weiter Ferne und griff doch so warm nach ihr, ihr dunkler Klang hatte etwas von der duftenden Schwere der Südrosen und der herben Weinsüße dieses gebenedeiten Landes.

Und als die ihre wie eine zarte, reine Glocke zu ihm hinübertönte, eine Glocke, die zwischen Erd‘ und Himmel im Raume der ewigen Sehnsucht ihre keuschen, rufenden Klänge hinausbebt, lauschte auch er mit verhaltenem Atem, wie in ein neues Land hinein, zu dem diese Stimme eine schwebende Brücke war.

Ihre Worte sprachen aneinander vorüber, nebeneinander her, ohne sich zu treffen und zu vereinigen. Zu stark war die betäubende Macht, die von Ufer zu Ufer zwischen ihnen hinüber- und herüberströmte, jene geheimnisvolle Macht, die der Tiefe der Persönlichkeit entströmt, wie der erregende Duft erlesener Edelweine.

So hatten sie eigentlich einander nichts gesagt, als der Priester sich verabschiedete. Aber ihre Seelen waren voll voneinander bis zum Rande.

– Zu diesem werde ich reden können – und er ist ein Priester – dachte Ena, und ein friedliches Lächeln senkte sich auf ihre roten, fieberheißen Lippen.

– Endlich sind wir auf dem rechten Wege, – sagte die Nonne leise und küßte Ena auf die Stirn.

Der Priester ging mit seinen starken, ruhenden Schritten durch die köstliche blauende Luft, die den, der sie zum erstenmal schaut, mit tausend Wundern überschüttet, ihm das Eigenste zu seliger Offenbarung werden läßt. Er fühlte seinen Gott so greifbar nahe wie nie zuvor, und eine seltsam befreiende Aufgelöstheit ins All überkam seine Seele und ließ sie durchsichtig werden wie ein Kristall. –

Als sie sich wiedersahen, grüßten sie sich wie solche, die in der Stille ihres Herzens lange Zwiesprache miteinander gehalten.

In Enas Seele zersprang der eiserne Reif, der so lange die Bürde ihres Leibes zu schmerzhafter Qual zusammengepreßt hatte. Nach wenigen Tagen lagen alle ihre Wunden ohne Scham und Scheu vor den wissenden Mannesaugen des gottgeweihten Priesters.

Sie fühlten einander nicht Weib noch Mann. Ihre Körper verflüchtigten sich gleichsam an der brennenden Freude aneinander zu einer Essenz der Schönheit, die sie wie eine köstliche Berauschung genossen und welche die Grundtöne ihrer seelischen Zwiesprache mit einer feinen zärtlichen Melodie umspielte.

Er kam nun täglich um die Abendzeit. Priester und Mensch in ihm gleich stark angezogen von der magnetischen Gewalt dieser von unheilbarem Leiden geheimnisvoll umblühten Schönheit.

Eines Abends war es.

Der Priester saß in der lässigen Haltung vornehmer Selbstsicherheit tief in einem der modernen Lehnstühle, die in ihrer raffinierten Stützung gleichsam alle körperliche Schwere ausheben und dem geistigen Fluid vollen Spielraum geben.

Er blickte in das göttliche Bild der abendlichen Landschaft.

Ena ruhte aus dem Lager.

Ihre reine, warme Stimme klang durch den Baum wie weher Glockenlaut. Sie sprach, als rede sie zu sich selbst.

– So bin ich immer einsam gewesen.

Von dem plötzlichen Tode der Meinen wie von einem engen Ring umfaßt. Jäh herausgerissen aus einem täglichen Tumult rauschender Betäubungen. Das Leben ahnend in der Bedeutung seiner glühenden Feste, aber nie zu den Altären seiner Opferungen gelangend. –

– Was hinderte Sie, die Leidenschaft zu finden?

– Es war ein seltsam Doppelspiel in mir. Neben dem qualvoll brennenden Durst nach dem Lebenstrank die zageste Scheu vor dem Becher, aus dem ich trinken sollte. Ein Grauen vor dem Manne und ein Zwang zu ihm; zwischen diesen beiden Gewalten zu einer scheinbaren Kälte verdammt, die mich glühende Qualen erdulden ließ. –

Hätte ich Ihre Religion, wäre ich zu den Altären Gottes geflüchtet, um in den Ekstasen der Seele die des Blutes zu vergessen. –

Der Priester erschrak. Die zarte, lilienreine Stimme wurde plötzlich seltsam dunkel. Wie purpurrote Blutwellen brandete sie zu ihm hin.

Er blieb eingehüllt in seinem Schweigen. Er fühlte, der letzte Schrei ihrer todwunden Qual wollte sich aus der Tiefe lösen. Vielleicht brachte dieser die Erlösung, daß er dann der vom Kampf ermatteten Seele mit der Wärme seines tiefen Mitleids beistehen konnte.

– Denn ich fand den goldnen Becher nicht, aus dem zu trinken mich gelüstet hätte. –

Und nun – nun steht der Tod an der Schwelle und greift nach meinem Leben – ehe ich das Leben erkannte – sein flammendes Geheimnis soll sich mir nie enthüllen – dieser Zwiespalt bringt mich dem Wahnsinn nahe –

Ena erhob sich von dem Lager.

Wie getragen von der kreisenden Erregung ihres Blutes, trat sie hoch aufgerichtet vor den Priester hin.

Auch der Priester erhob sich.

Selbstvergessen, wie schlafwandelnd, mit starren, weit geöffneten Augen blickte Ena ihn an. Dann flog ein heißes Erschrecken über ihre Züge, als fühle sie plötzlich, daß sie nicht nur zum Priester gesprochen habe –

In jäher Erschütterung erkannte sie in diesem Augenblick den Mann in ihm. –

Eine jagende Blutwelle überstürzte das starre, bleiche Gesicht. Aus den Augen strömte ein wunderbares Licht, als seien die Schleusen der Seele bis in die tiefsten Quellen aufgebrochen. Die ganze Gestalt war gleichsam eine glühende Fackel, die, von unwiderstehlicher Leidenschaft entfacht, in keuscher Herrlichkeit aufloderte. –

Der Priester erbebte.

Regungslos standen ihre Blicke in den seinen. Auf Gnade und Ungnade seiner Antwort hingegeben.

Dem Meister der Sprache kamen keine Worte.

Wie ein Abgrund war es zwischen ihnen, in den ein Hauch des Mundes sie stürzen konnte.

Mit einem Ton konnte er diese fliehende Seele töten.

Mit einer Erbarmung ihr den Frieden geben.

Einen Augenblick war die Stille des Todes zwischen ihnen.

Ein Ringen und Beten durchdrang die starke, keusche Seele des Priesters.

Er breitete die Arme aus.

Und wie unter einer überreifen Qual zusammenbrechend, glitt das Weib in heißem Erschauern an seine Brust.

Da sprangen auch in ihm die verschütteten Brunnen der seligsten Lebensströme auf.

Der nie geküßte Mund des Weibes erblühte an seinen Lippen.

Alle kranke Sehnsucht rauschte in glühenden Garben auf. Tiefe Süßigkeit des Friedens breitete sich über das schöne Angesicht. Ein Lächeln von hinreißendem Zauber durchleuchtete die vollkommenen Züge, die, aller Erdenhaftigkeit entrückt, in der heiligen Reinheit ihrer göttlichen Entstammung strahlten.

Plötzlich flog ein jähes Erblassen über sie hin.

Ein kurzes, schweres Aufatmen.

Dann war das Leben erlöscht. – –

Mit zarten Händen ordnete der Priester alle äußere Unruhe an dem stillen, sanften Körper.

Sah noch einmal mit aufleuchtendem Blicke zu dem überirdisch lieblichen Lächeln, von dem das Antlitz in süßester Holdseligkeit übergossen war.

Dann ging er seinen Weg. –

Nahm noch mit allen Kräften die Gattesherrlichkeit der Wunderwelt des blauenden Südens in seine schönheitstrunkene Seele.

Jahre der bittersten Sehnsucht hatten hier endlich ihre Erfüllung gefunden.

Einige wenige kurze Tage war er mit dankender Demut untergetaucht in diesem brausenden Meere endloser Seligkeiten.

Und jetzt gab es nur eines für ihn. Jeder Schönheit bar mußte von nun ab sein Leben sein.

Dem Gesetze, das er freien Willens selbst über sich verhängt, mußte volles Genügen geschehen. Wenn auch im Letzten seiner selbst der Freispruch höchster Erkenntnis ihn jeder Schuld entband.

Seinem Beichtiger unterwarf er sein Verfehlen.

Und nahm stark und duldsam die Buße auf sich, um die er selbst gebeten.

In der unwirtsamen Gegend eines nordischen Berglandes, hoch über dem warmen Leben der Menschen, blieb er fürder für Jahre ausgeschlossen von jedem und allem, dessen sein Geist und sein Wille bedurfte.

Arm, leer und streng gingen seine Tage von ihm. Arm, leer und streng kamen seine Nächte zu ihm.

Aber im Allerheiligsten seines Wesens blieb ein seltsam keusches Licht, das von der Erinnerung an das süße, holde Lächeln der Erlösung des nie geküßten Mundes ausstrahlte. Und ob er gleich schuldig geworden, konnte er nie jemals auch nur die leiseste Reue empfinden.

An den harten Pfahl der Buße band er seine Schuld.

Sein Herz aber hielt Zwiesprache mit dem höchsten Erbarmer, dessen Antwort ihm aus dem keuschen Lächeln der Toten entsühnend in jene Tiefe gedrungen war, wo der letzte Richterspruch uns bindet oder löst.

Die Tauben von San Marco

Venedig.

Wer vergißt sie je, der sie einmal schaute.

Diese einzig Geartete unter allen Städten der Erde.

Der Klang ihres Namens ist wie ein bebender Glockenton aus weiten, dunklen Fernen.

Dieser Klang geht mit uns durch die seltsam engen Gassen. Schaukelt auf den müden Wellen der blauschwarzen Wasserwege. Steht wie ein versteinertes Echo über den finsteren, drohenden Herrlichkeiten der einsamen Paläste

Venedig –

Die dich zum erstenmal schauen, gleiten wie Schlafwandelnde durch den Traum deiner farbenglühenden Stille. Ihre Seelen sind wie weit offene Schalen, bis zum Rande gefüllt von dem Rausche deiner flüsternden Geheimnisse, die zwischen deinen nachtschwarzen Wassern und der seidenweichen Bläue deiner Höhe hängen.

So gleitet Elena durch die Tage und Nächte Venedigs.

Kühl wie der junge Morgen, vom herben Dufte der ersten Reise umwebt, steht sie verwirrt wie ein scheuer Vogel an der Schwelle dieser berauschenden Offenbarungen, deren lockende Stimmen an die Verborgenheiten ihres eigenen Wesens dringen.

Vom Leben schon berührt, doch noch nicht zu ihm erwacht, lauscht sie in sich hinein und bleibt ohne Antwort aus die drängenden Fragen.

Und die antwortlose Leere ihrer Seele öffnet sich in schrankenloser Weite der berauschenden Fülle umher, die sie mit unerhörten Herrlichkeiten schier qualvoll überstürzt.

Wie war es doch –

War es ein Tag? Ein Traum –

So weit weg liegt es, was sie doch so tief bewegte, seit sie den Fuß an das seltsam unwirkliche Gestade dieser Stadt setzte, die ohne Schall und Laut in die Melancholie atemloser Zeitlosigkeit eingebettet scheint.

Alle Erinnerungen ruhen. In dieser klanglosen Stille versinken sie wie in seidene Schleier.

Nur der Augenblick lebt.

Und jeder Augenblick ist ein neues Schauen und Ergriffensein, eine neue Entzückung und Aufgelöstheit in die fremde Seltsamkeit umher.

Wie ein Zauber liegt die Stille über den dunkeln Wasserwegen, die wie finstere Runen lang abgelebter Schicksale im leisen Flimmer des silbernen Südlichtes träge hinfluten, spinnt zwischen den Kuppeln der Dome und den ragenden Palästen und liegt wie ein weicher Teppich über den engen Gassen hingebreitet.

Der schwirrende Flug der unzähligen Tauben von San Marco ist der einzige Ton, der diese Stadt bewegt, der aus ihr kommt und ihr gehört.

Wenn es vom Torre d'Orologio Mittag schlägt –

Das ist die Stunde, da die Scharen der Fremden sich auf der Piazza sammeln, um dem Fluge der Tauben zu lauschen, der gleichsam eine Erlösung aus der geisterhaft starren Stille ringsum zu bringen scheint.

Elena steht mitten unter ihnen. Auch sie hat die Hände voll Brosamen und streut sie dem lustgirrenden Gevögel achtlos hin.

Achtlos, wie im Traum.

Denn schlafwandelnd geht sie durch die Tage.

Alle Wege zu sich selbst sind überladen von all dem Neuen und Gewaltigen, das über sie kam. Alle Brücken zur Vergangenheit aufgehoben. Zu jäh war der Schritt aus der Leere ihrer unbewegten Jugend zu den sich überstürzenden Ereignissen der letzten Wochen und Tage.

In kurzen Wochen ist sie Braut und Weib geworden.

Kaum aber war sie am bräutlichen Kusse zu dem leisen Erstaunen erwacht, das ihre schlafende Seele fast mit Schrecken erfüllte, entriß ihr der rauhe Wille des tobenden Krieges den Verlobten. Und wenige Wochen darauf ward sie sein Weib.

Seine eilige Rückkehr aus den von Blut und Grausen umtobten Schlachtfeldern, um dieser einen Stunde willen –

Die grausame Eile in allem Gebaren zu dieser Stunde hin, die, sonst von der langen und heißen Andacht der Erwartung umweht, zum Altare der

Jungfräulichkeit kommt, all diese Eile und Überstürzung ließ in der Erinnerung nichts von jener heiligen Feierlichkeit zurück, die sonst über ein ganzes Leben hin das unverwischbare Leuchten seliger Erfüllungen behält.

Die Welle nahm sie und warf sie an den Strand zurück.

Die Tiefe des Meeres erkannte sie nicht.

Und so, im Letzten ihres Wesens verwirrt, stürzte sie dann in die neue Wirrnis dieser seltsamen verzauberten Stadt.

Behütet nur noch von den müden Händen des Großvaters, dem einzigen, an den sie noch mit den Banden des Blutes gebunden war.

Vater und Mutter kannte sie nicht.

Keiner Mutter Hand hatte an ihrer Seele gebaut. Keiner Mutter Stimme ihr die Wege des Lebens gedeutet. So wandelte sie vereinsamt durch die tausend Wunder Venedigs.

Der müde Greis ruhte aus an der Sicherheit, das geliebte Kind nun im Schutze ihres Weibtums zu wissen, und genoß mit dem friedlichen Lächeln des Alters den letzten, zarten Widerhall fernster leuchtender Erinnerungen, die seine Seele noch an das verglimmende Licht des Lebens banden.

Venetia, du ewig Fremdartige, dich nie Enthüllende, nun starrt die Seele dieses Kind-Weibes in die furchtbare Unendlichkeit deiner Tod atmenden Geheimnisse.

Geheimnisse aus tausend Zonen und Zeiten, die in dir wie in einer Urne der Ewigkeit eingesenkt sind.

Wo ist da Anfang, wo Ende.

Umhangen mit dem unverwelklichen Kranze aller Völker Künste, beladen mit aller Zeiten Prächte, umweht vom Odem fernster Vergangenheiten, entströmt dir unter dem sanften Schleier deiner trügerischen Stille der brünstig lodernde Rausch, der aus allen Schauern der Liebe, des Todes und des Hasses, aus allen Wonnen und Qualen und Seligkeiten langer Jahrhunderte gemischt, den süßschweren Duft der Verwesung atmet, der wie tödliches Gift über allzu junges Leben geht. –

Elenas Seele öffnet sich weit dem einspinnenden Taumel dieser zeitenschweren Pracht.

Ihre Sinne lauschen und greifen. Bis zum Rande voll stehen alle goldnen Schalen ihrer Lust und ihrer Träume.

Schier schmerzhaft dünkt sie, dies alles zu tragen.

Da alle Herrlichkeit wie eine Last auf sie fällt und keines Kundigen Hände ihr sanft die Millionen Fäden entwirren, die sich hier zu einem gordischen Knoten ineinander verwurzelter Erkenntnisse verwildert haben.

Mit fiebernden Augen und fliegenden Pulsen liest sie die dunkle Geschichte dieser unheimlichsten aller Städte.

Und fortan schleicht das Grauen neben ihr durch die kühlen Gassen und engen Winkel. Über dem dunkeln Gewässer klingt ein fernes Seufzen zu ihr. Und aus der schweren Pracht der ragenden Paläste flüstern die finstern Stimmen ihrer begrabenen Geheimnisse.

Nur vor dem Wundergebilde des San Marco wird ihre Seele wieder hell und jung.

Wie aus allen Märchen der Erde zusammengewachsen, gleißt und funkelt und strahlt und leuchtet dieser, von langen vorzeiten überreich beladene, von allen Zeitstilen buntgefärbte Bau, der, wie zur Unwirklichkeit verzaubert, seltsam und wie verwunschen da mitten in die grelle Gegenwart hineinblüht.

Alles Junge in ihr wird hier zum Märchen.

Ihr Leben zum tieftönenden Liede.

Und ihrer Seele Flügel werden schwer von der süßen Last der Träume und Sehnsüchte, die aus den mystischen Dämmerungen dieses weltentrückten Tempels mit weichen Fittichen aufflattern und sie umkreisen.

Ganz leicht aber und froh wird es ihr erst dann, wenn sie dem schwirrenden Fluge der Tauben lauscht, die um die Mittagsstunde über die Piazza rauschen.

Diese unendliche Schar leuchtender Schwingen. Zwischen dem seidenweichen, hochgespannten Logen der glühenden Bläue des Südlichts und dem bunten Marmorteppich der weiten Piazza bleibt ein Bild ewig unvergessen, der es in sich nahm.

Silberweiß im Lichte schimmernd, im zärtlichen Mattgrau der köstlichen perlen, mit rostroten Brüsten und schillernden Pfauenhälsen schwirrt es aus von den Dächern umher und fällt mit dem schweren Ton aufrauschender Seide zur Erde nieder. Kosend und schnäbelnd umfliegen sie die schönen Frauen, die mit den weißen, schlanken Händen, zwischen den roten, weichen Lippen die lockenden Gaben ihnen zureichen, sich selbst zu süßer Lust, dem Schauenden zu ewig wechselndem Bilde, an dem das schönheitsuchende Auge nimmer müde wird. –

Elena findet einige Lieblinge unter der schwirrenden Schar. Sie folgen ihr in einen stillen Winkel abseits des großen Platzes, wo das Drängen der Menge ihr diese leise Freude stört.

So steht sie, vom Sonnenglanze Venedigs umloht, ein Bild der Unschuld und Schönheit, an dem kein Auge vorübergleitet, ohne sich sein selig Teil mit wegzunehmen.

Hoch und geschmeidig wachsen die blühenden Linien des jungfräulichen Körpers zur Krone des Hauptes auf, seidenweich sprüht und leuchtet im funkelnden Südlicht die rotgoldene Fülle des Haares über dem edlen Schnitt des alabasterweißen Antlitzes, das durch das tiefe, glühende Blau der Augen wie von einer seltsam süßen Bestrahlung überschimmert ist.

Mit vollkommner Schöne umhüllt dieser wundervolle Frauenleib die schlafwandelnde, vom heißen Lebensodem noch ungeweckte Seele, die, von der himmelsseligen und höllentiefen Macht der eigenen Schönheit noch ohne jede Ahnung, an abgrundtiefen Fährlichkeiten sanft und versonnen vorübergleitet. –

– Per Dio – welch ein Götterweib – sagte eine tiefe Männerstimme.

– Und mit welchem Blick sie uns anschaut –

– Unschuld und Schönheit beisammen – unerhört –

– Werden nicht lange beisammenbleiben –

Schritte und Stimmen verhallen am Wege.

Die fremden Worte hatten Elena nur gestreift. Sie verstand sie nicht.

Aber die Stimme, die wie Musik über sie hinging.

Und die Blicke, die wie Sonnen brannten.

Von diesem Flüchtigen und Ungreifbaren ging es wie ein fremdes, qualvoll-seliges Erschauern über sie hin.

Seltsam bewegt stieg sie die Stufen zur Gondel hinab, mit der sie täglich ihre Rundfahrt machte.

Und plötzlich sah sie, daß auch der Gondoliere diese Augen hatte. Augen, die wie Sonnen brannten, deren Blicke, wie hinter einem dunklen Vorhang sammetweicher Violen tief verborgen, ohne alle Worte eine Welt von Dingen zu sagen wissen.

Und von heute an sah sie diese Augen überall. Rus jedem Mannesantlitz dieser fremdartigen Rasse blickten sie diese seltsamen Augen an, redende, singende, fragende Augen, die voll schwermütiger Lockung und schwüler Verheißungen waren. –

Sie stieg in die Gondel.

Das Boot glitt unhörbar wie auf weichen Teppichen über die dunkeln Wasser, nur ab und zu ein gurgelnder Laut der stoßenden Ruder und der melodische Ruf von Boot zu Boot.

So zwischen dem blauschwarzen Samt des gleitenden Gewässers und dem goldblauen Seidenglanze des hoch gespannten Himmelsbogens nahm sie mit immer neuem Erstaunen die prunkvolle Pracht dieser traumverlorenen Stadt in ihre Seele auf, die hinter dem Todesschweigen ihres Vordergrundes von einem Chaos sinnverwirrender Stimmen erbebte, wie ein gewaltiges Saitenspiel, das, von der wilden Hand der Leidenschaft bis in seine letzten Schwingungen aufgewühlt, nicht mehr zur Ruhe kommen kann.

Und ihre junge, unerwachte Seele streifte zwischen Traum und Tag die fernen Ufer des Lebens, von denen es wie ein strömender Duft süßer, berauschender und zugleich schwerer, banger Geheimnisse zu ihr herüberwehte.

Es war alles so unwirklich.

Und sie so ganz nur auf sich selbst gestellt.

Der alte Ahne lebte sich in leiser Verklärung zu dem Glanz seiner Erinnerungen zurück. Sein Blick nahm das Bild des Kindes neben sich kaum mehr aus. Er wußte es geborgen in der deckenden Hülle des Mannesnamens, die er ihr in der Bangigkeit seiner schwindenden Stunden noch eilig umgebreitet hatte, und seine sterbende Seele war, von Gegenwart und Zukunft verlassen, nur noch ein willenloses Spiel der tönenden Wellen seliger Vergangenheiten. –

Elena griff nach dem Brief, den sie unerbrochen noch in der Tasche trug.

Er war von ihrem Manne.

Die Schriftzüge sagten ihr nichts. Sie waren ihr noch nicht zu jenem feinen Elixier geworden, das wie ein Taumeltrank über das Herz rinnt, wenn dieses zarte Bildwerk der Hand in tiefstem Erkennen plötzlich wie durch einen magnetischen Strom die Blutwärme des Geliebten in die eignen Adern wirft.

Was wußte sie von ihm?

So gut wie nichts.

Die Eile und der Drang der wirren Zustände, die sie zusammengaben, hatten ihr sein Wesen zu keinem festen Bilde werden lassen.

Fremd schauten sie diese Zeilen an.

Sie sprachen von Liebe und Sehnsucht, ohne ein Echo in ihrem Wesen zu wecken.

Auch ihre Ehe war ihr ein Unwirkliches.

Und die starke Hand fehlte, die das Spielzeug ihrer Träume zerbrach und sie mit hartem Willen zum Leben hin zwang, das auf der Schwelle stand und aus sie wartete.

So schwebte sie wie eine Nachtwandelnde über unerkannten Tiefen. Wehe, wenn ein jäher Ruf sie weckte, ehe die linde Stimme der Liebe sie zur Sicherheit ihres Weges führte.

Gedankenlos zerriß Elena den Brief in viele kleine Stücke und streute sie über den Rand der Gondel.

Sie fühlte mehr, als daß sie wußte, welche Seele hinter diesen scheinbar heißen Worten stand, die gleichsam das Gegebene wieder in sich zurücknahmen, da ihnen die sprühende Glut fehlte, die alle Fernen überwindet, alle Worte entzündet und jeden Widerstand zerbricht. –

Sah sie es heute zum erstenmal, daß die Blicke des jungen Gondoliere mit verzehrendem Strahl zu ihr hinglimmten?

Verwirrt stieg sie aus und vergaß, ihm das gewohnte Geldstück zu geben.

Zwischen diesem Blick und jener dunklen Stimme kam etwas zu ihr heran, das seltsame fremde Weiten in ihr auftat. –

So mit neuen Träumen beladen, stand sie am nächsten Tage unter ihren Tauben im stillsten Winkel der Piazza. Ihr Liebling unter ihnen, die mit dem pfauenblauen Halsringe und dem perlmutterschimmernden Gefieder, saß auf ihrer ausgestreckten Hand und nahm ihr sanft und zärtlich das lockende Korn von den schönen Lippen, welche die hauchrote Farbe hatten, wie sie aus dem Innern seltener Muscheln schimmert.

– Taube unter den Tauben – sagte da die dunkle Stimme neben ihr, und der Glutstrahl brennender Augen loderte über sie hin.

So jäh und plötzlich und erschreckend nahe geschah das, daß ihr die Arme schlaff zur Seite fielen und das Blut ihr wie ein Sturm durch die Adern stürzte.

Dann wurde sie weiß wie Marmor, und das leuchtende Blau der Augen hob sich mit scheuer, keuscher Frage zu dem Antlitz des Mannes hin.

Der aber starrte in tiefster Verzücktheit verloren in dieses Meer von Reinheit, das diesem Blick entströmte.

– Du süße Taube, göttliche Unschuld du – sagte er und nahm ihre schöne Hand zart und behutsam zu seinen heißen Lippen.

Ein zorniges Erstaunen stieg in Elenas Augen auf. Unschuld – was meinte er damit – war das nicht so, als ob er sich wundern würde, daß sie atme.

Der Mann verstand auch diese Regung ihrer unberührten Seele und fühlte damit den Becher seines Erlebens von einer neuen, feinsten Entzückung überströmen.

Elena wendete sich von ihm ab und ging langsam, von seltsamer Erregung verwirrt, der Kathedrale zu.

Dort fiel sie in schwerer Ermattung auf eine der Bänke im Halbdunkel des Seitenschiffes.

Hier wurde sie ruhiger.

Die bizarre Wunderwelt dieses Tempels fesselte sie immer wieder. Aus dem Wirrwarr tausendfacher Kreuzungen geschichtlicher Elemente, die aus der Weite undenklicher Zeiten hier geheimnisvoll zu dieser traumhaft köstlichen Herrlichkeit verschmolzen, war eine ganz sonderliche, aus den Urtönen verschiedenster Völkerzonen zusammenquellende Melodie erblüht, die den Rausch fremder, ferner, lockender Gestade auf ihren Wellen trug.

In diesem von Licht und Dunkel, Linien und Farben, vom starren Glanz des Goldes und den Blitzen leuchtender Juwelen schwer übersättigten Raume löste sich die angstvolle Berührung ihrer Seele mit jener fremden Welt, in welche sie sich soeben wie in eine uferlose Tiefe gleiten gefühlt, zu einem schwebenden Gleichgewicht auf, in dem eine Fremdheit sich mit der anderen band und die Unruhe ihres Blutes zu reizvollen Spiegelungen ihrer Phantasie umbog, die hier ohne Anfang und Ende zu neuen Spielen alle Wege fand.

Still und beruhigt ging sie dann hinaus.

Ihre vom Drange der Leidenschaft noch unbeschwerten Fühlungen ließen sie ahnungslos an der deckenden Säule vorübergehen, hinter welcher jener

Fremdling aus sicherem Verstecke die wechselnde Bewegung ihrer von ihm berührten Seele in bebender Ekstase belauscht hatte. –

Von nun an aber begegnete ihr der Fremde überall.

Täglich, wo sie auch ihre Wege nahm, an einer Biegung der Straße, aus einer Bank in den Gärten, in den Kirchen, an den Ufern des Lido, auf ihren Gondelfahrten stand er plötzlich vor ihr, fühlte sie seinen durchdringenden Blick aus sich gerichtet.

Da kam ein seltsames Fieber über sie.

Die weite, schmerzhafte Leere in ihr füllte sich jäh mit einem jagenden Sturm gänzlich unbekannter Empfindungen, die wie stürzende Frühlingsbäche von allen Seiten die Räume ihrer Seele überfluteten.

Alles scheinbar Feste und für immer Dauernde ihrer inneren Erfahrungen brach zusammen, eine Flut wilder Möglichkeiten, schmerzhaften Verlangens entwurzelte sie bis zur letzten Faser ihres Wesens, dessen keusche Stille wie ein verängsteter Vogel zwischen diesem Chaos hin und her flatterte.

Und all diese Zerstörung kam von jenen Blicken.

Sie sah und wußte kaum mehr von dem Manne als diese Blicke. Daß er groß und herrisch von Gestalt war und die tiefe, südländische Dunkelheit, die ihm schön auf Haar und Haut lag, empfand sie nur so nebenbei. Seine Augen aber redeten, lockten, schmeichelten, flehten und zwangen.

Das allein wußte sie.

Und so ging sie wie im Traum. Fiebernd von Leben und dennoch wie tot. Gebunden an einen fremden Willen, ohne daß ein Wort zwischen ihnen sprach.

Bis er, der Weiberfahrene, wußte, daß es nur dieses Wortes noch bedurfte zur letzten Lockung über die Schwelle ihres zerfallenden Eigenlebens – bis er das wußte, ließ er nur seine Blicke zu ihr gehen.

Und als die schon fast Besiegte noch mit den letzten leisen Widerständen ihrer reinen Besinnung stritt und haderte, ließ er endlich die Melodie seiner Stimme über sie hingleiten.

Und der purpurne Sammet dieser Stimme hüllte sie von Kopf bis zu Füßen ein, und die Rhythmen ihres Blutes glitten aus den tönenden Wellen dieser Stimme zu den blühenden Gefilden einer köstlich-süßen Vergessenheit, in der sie sich, aus sich selbst aufgelöst, ein gänzlich Neues und Anderes werden fühlte. –

Der aufgewühlte Sturm in ihr wurde nun zu einem sanften Lauschen. Ein Lauschen auf den Chor der Töne, die plötzlich sie umrauschten. So laut war das Leben, von solch brausendem Reichtum erfüllt.

Nun endlich sah, fühlte und hörte sie es.

Diese eine dunkle Stimme, die in allen Farben des Lebens funkelte und von allen Melodien seiner Tiefe und Unergründlichkeit durchzittert war, diese Stimme wurde ihr die goldne Brücke zu den bebenden Geheimnissen, von denen sie sich so lange umstrickt gefühlt, ohne je den roten Faden in die Hand zu finden, der aus dem verwirrenden Labyrinth seiner verschlungenen Wege zu der mystischen Schwelle seiner heimlichen Tempel führt.

Und das sanfte Lauschen in ihr tastete dunkel und unsicher zu dem letzten Willen des Lebens hin. –

Es war kein Widerstand mehr in ihr.

Das tastende Lauschen in ihr zog sie sanft der Stimme nach, die sie zu dem Willen des Lebens führte.

Sie wandelten zusammen in den üppig blühenden Gärten. Wandelten durch die schwermütigen Dämmerungen der Kirchen. Schauten den Glanz der leuchtenden Pracht, mit der durch die Jahrhunderte her eine stolze Künstlerschaft diese einzige Stadt erfüllt hatte.

Ließen ihre Wünsche und Sehnsucht in die unermeßliche Weite der Adria zu allen Fernen schweifen.

Denn auch der Mann war in einem atemlosen Lauschen befangen. Seine kundigen Hände griffen nicht roh und täppisch nach dem ihm langsam zugleitenden Weibe.

Er genoß in vollen Zügen diese ihm neue Mischung des Liebestrankes, in der die Herbheit noch unzerstörter Keusche mit dem tiefen, bebenden Drange zu allen Rätseln des Blutes sich zu einem köstlichen Rausche mengten, aus dessen Vollendung seine durstigen Lippen mit der gelassenen Geduld des echten Kenners und großen Genießers zu warten verstanden. –

Und eines späten Abends schwamm eine dunkle Gondel auf den nachtschweren Wassern.

Der matte Schimmer, der aus bunten Ampeln über die von vielen Rudern bewegten Wellen huschte, machte das Dunkel der Schatten noch düsterer, die sich tiefschwarz und scharf von den Silberbreiten des Mondes abgrenzten, welche vom schleierblauen Nachthimmel zur Erde fielen und die Silhouette der seltsamen Stadt in bizarre Profile auflöste.

Aus den schwimmenden Gondeln ergoß sich ein Strom von Tönen.

Der weiche Gesang der Mandolinen und Menschenstimmen floß mit dem Wellenspiel des Wassers, der zitternden Unruhe der Kranzgewinde und flatternden Wimpel, dem schwanken Farbengeleucht der Ampeln zu einem schwellenden Adagio der Bewegung zusammen, das mit seinen wirren Kreisungen Blut und Sinne zu einer hinreißenden Empfindung schwindelnder Glücksfülle aufglühen ließ.

Elena und der Fremde fuhren abseits des Gedränges.

Ihre Gondel war ohne Kränze und ohne Licht.

Nur innen in der von Vorhängen verdeckten Kabine brannte eine rote Ampel. Der feurige Schein floß über die samtenen Kissen der Bänke und ließ das leuchtende Haar Elenas rotgolden aufglühen.

– Tizians Frauen haben es nicht schöner – sagte die dunkle Stimme, und die bleiche, vornehme Hand zog mit einem festen Griff den haltenden Kamm aus den Haaren.

Das goldne Gewirr fiel in üppiger Fülle über die Falten seines dunklen seidenen Gewandes.

Ein erstickter Schrei des Entzückens kam aus seinem Munde. Seine Hände wühlten in den duftenden Haarfluten. Ein sieghaftes Lächeln lag auf den Lippen und überflog das schöne Antlitz mit einem Ausdruck harter Grausamkeit.

Elena sah es nicht.

Ihr herrlicher Körper ruhte in völliger Auflösung schrankenloser Hingabe an der Brust des Mannes, dessen beherrschte Kraft mit langer Geduld dieser Stunde entgegengewartet.

Und daß er so lange warten mußte, ließ er sie jetzt in seinem endlichen Siege spüren, den er mit einer fast rohen Ungeduld auszukosten bereit war.

Sein erster Kuß überglühte sie mit den dunklen Wellen wild ausbrechender Leidenschaft.

Elena fühlte, daß dieser Kuß ein Symbol war, hinter dem eine Unendlichkeit blühender Geheimnisse verschlossen lag. Geheimnisse, auf welche die Leere ihrer Seele und ihres Blutes mit lauschendem Verlangen wartete. Dieser Kuß war die Schwelle zu jenem neuen und fremden Leben, das sie gleichsam als ihr allereigenstes empfand, zwischen dem und sich selbst aber sie die schwindelnde Tiefe eines Abgrundes ahnte.

– Giordano – stammelte sie und suchte sich seiner Umarmung zu entziehen. Und in diesem Laut und dieser Bewegung lag der ganze schmerzhaft selige Zwiespalt ihres unbehüteten Weibtums. –

Es war weit über Mitternacht, als Elena in ihr Heim zurückkam. Der Schlüssel zitterte in ihrer Hand, als sie die Tür öffnete.

Daß der Ahne nicht aufwachen würde, wußte sie. Aber sie fürchtete sich vor dem ersten Augenblick des Alleinseins mit sich selbst. Hinter dem strömenden Rausch ihres Blutes hörte sie wehe Stimmen raunen, die aus fernen Zeiten und fremden Landen zu kommen schienen, die eben noch die ihren waren und von denen sie sich durch eine glühende Stunde für alle Ewigkeit geschieden fühlte.

Aber noch trug jene rosenumhangene Stunde den Sieg in Händen. Die Nacht nahm ihre Geheimnisse zu ihren dunklen Gestaden, wo Traum und Sein sich zu einem neuen Wissen mischen, vor dem die Gesetze und Klarheiten des Tages sich in Demut neigen und die singenden Brunnen der letzten Wesenstiefe ihren ureigensten Ton hergeben.

Aber grausam kommt der Tag.

Der Tag mit seinen Grenzen und Sicherheiten. Mit seinem harten Ja und Nein. Mit seinem Entweder – Oder, das allem göttlich-seligen Chaos der Nacht ein jähes Ende bereitet. –

Wie täglich ging Elena zu ihrem stillen Winkel an der Piazetta, wo ihre Tauben auf sie warteten. Traumverloren lauschte sie in alle Pracht umher. Seltsamer und tiefer fühlte sie heute dieses alles. Als weite sich jede Schönheit zur Ferne einer Unendlichkeit, die ihr nicht mehr fremd, die die Wellen ihres Ursprungs aus ihrem eigenen Wesen zu nehmen schien.

Und das Rauschen und Flattern um sie her hatte heute einen andern Ton. Als trügen all diese Flügel die Last der Erinnerungen der letzten Wochen, so wehte es sie heute heiß und erdrückend von ihnen an. Hatte sie doch hier die dunkle Stimme zuerst gehört, deren blutwarmer Klang wie der Duft sammettiefer Violen ihr über die Nerven rieselte.

Und plötzlich wachten die ersten Worte dieser Stimme in ihr auf –

– Göttliche Unschuld – du –

Wie einen Riß fühlte sie die Empörung nach, die sie damals bei diesen Worten durchbebte.

Und jetzt.

Jäh und klar und herrisch überkam sie das Wissen, das allen Traum verlöscht und Wahrheit heischt.

Da wußte sie, wie ganz unrettbar sie sich verloren hatte.

Sie hörte Schritte. Junge, schnelle, federnde Schritte. Gleich würden sie wie täglich um diese Stunde neben ihr sein.

Gleich würde die dunkle Stimme sie mit kosenden Worten wie mit dem Duft purpurner Rosen überschütten.

Wie eine Säule der Erinnerung stand ihr Herz steil und schmerzhaft, und der Wellentanz ihres Blutes schäumte ihr durch die Adern.

Einen Augenblick stand sie starr und hilflos dem lodernden Brande ihrer weitwachen Leidenschaft hingegeben.

Ein Augenblick kreisenden Taumels, der sie sinnlos zu jenen Armen zwang, die ihr entgegeneilten.

Doch ein anderes stand dennoch daneben.

Das, was der Tag schuf und was die Abgründe der Nacht in seinem Licht zu neuer Wahrheit wandelte.

Nein, sie konnte nicht zu diesem Flammenmeer zurück.

Etwas, für das sie keinen Namen hatte, das sie aber als ein Heiliges empfand, das irgendwo aus den stillsten Winkeln ihrer lang umhüteten Jugendreine stark und triebhaft hervorbrach, riß sie jäh aus Traum und Taumel auf.

Eine Sekunde war es – eine Welt stürzte in ihr zusammen.

Und ehe der Fremde um die Biegung der Piazetta kam, war sie hinter den Mauern von San Marco verschwunden.

Mit jagenden Pulsen trat sie in die kühle Dämmerung der Kirche. Sie flüchtete in einen der dunklen Winkel, wo kein störender Blick sie suchen würde.

Der Raum war leer.

Am Altar las ein Priester eine stille Messe. Die vielfachen Bewegungen seines Körpers, ohne daß ein Laut ihnen Sinn und Ziel gab, hatten etwas Schattenhaftes und Wesenloses.

Elena blickte in seltsamer Ergriffenheit zu diesen stummen Gesten hin, die das Leben des Priesters gleichsam in zwei Welten schieden. Seine gotttrunkene Seele schwebte in den Fernen der Ewigkeit, indes sein Körper die

Zeichen des Lebens machte, ohne zu den Lauten hinzufinden, die Raum und Zeit erst zur Melodie des Lebens lösen.

So schattenhaft und wesenlos würde fortan ihr Dasein werden. Sie würde die Gesten des Lebens machen, aber ihre Seele würde an Fernen gebannt bleiben, die niemals den Laut der Erlösung haben durften.

Abgeschieden fühlte sie sich von ihrer Vergangenheit und Zukunft zugleich, und der schmale, schwankende Steg der Gegenwart, der beide band, konnte jeden Augenblick unter ihr zusammenbrechen, wenn sich nicht eine Kraft in ihr fand, die eine neue Brücke baute von ihr zum Leben hin.

Alles Junge in ihr erschauerte. Ihre unerfahrene Jugend tastete nach allen Seiten nach einem Ausweg aus ihrer dunklen Not. –

Wird sie den ungeheuren Mut finden, mit der Fülle der Gesichte des glühenden Südens beladen, zu der kühlen Leere des Nordlichtes und der schmerzhaften Leere jenes Irrtums zurückzukehren, den sie in der qualvollen Unwissenheit ihres Blutes für die Erfüllung ihrer jungen Sehnsucht hielt?

Oder wird das lockende Schweigen der dunklen Wasser Venedigs die seligen Geheimnisse ihrer Schuld in seine lautlose Tiefe nehmen zu all den ungezählten Schicksalsschemen, die wie trunkene Träume über seinen schwarzen Wellen raunen.

Trunkene Träume, die so seltsam bannen und rufen. Und die über das allzu Junge eine tödliche Macht haben.

Der Fremdling

Für jede Seele ist die Liebe eine andere Landschaft. Für eine ist sie das ewig lachende Blaumeer, von schwellenden Düften fremder Blüten umströmt.

Eine schaut in keusche Waldhöhen, wo die warmen Schatten hochragender Wipfel um das tiefe Einauge eines stillen Sees spielen.

Andere starren in das Chaos aufeinandergehäuften Felsengeklüftes, das, von glühenden Sonnenbränden überschwellt, nie zu einer reinen Linie sich entwirrt.

Schluchten gibt es in den Tälern der Liebe, die nie zu einem Ausgang führen.

Abgründe, die, von geil wuchernder Schönheit umstellt, mit geheimnisvoller Lockung ihre Opfer zu sich heranholen, um an ihrem Rande nur noch Raum für einen einzigen Schritt, den Schritt des Todes, zu finden.

Nur auf den ragenden Gipfeln der Höhe blüht jene Reine der Liebe, die aus der Ewigkeit des Lebens flutet, die in der Unendlichkeit ihres Wellenganges, den tausendfachen Brechungen ihrer Flammen und ihres Lichtes aller Melodien Widerhalle in sich birgt und wandelt, die dem Urschoße des Seins entquellen.

In den schwärenden Niederungen aber wächst das ruchlose Gift, das, mit dem Blendglanz brünstiger Farben den Hauch des Todes überdeckt, jenes bitteren Todes, der die Seele, unerlöst von Leben und Liebe, zu den Schatten der Ewig-Wandernden verstößt. –

Armer Fremdling, der du, von einem falschen Lichte geblendet, vom trüben Willen krank getonten Blutes zu diesen Niedrungen deine Lockung fühlst. –

Er war ein Fremdling.

Seltsam züngelte in ihm die Lust nach dem jungen, keuschen, heißen Erschrecken des ersten Aufflammens im Blut und Blick des Weibes.

Tage- und wochenlang konnte er eine der ganz Jungen verfolgen. Ihre sanfte Ahnungslosigkeit und spröde Herbheit reizten ihn zu einer wahnwitzigen Sucht. Er spielte und umwarb die schlafende Knospe mit raffinierter Zielsicherheit und schmeichelnder List. Und hatte er eine der flatternden bunten Lichtseelen grausam erhascht wie einen fliehenden Schmetterling – dann hatte seine fiebernde, kranke Spannung den höchsten Grad erreicht.

Denn nun galt es ihm, die endlich erhaschte Keuschheit mutwillig zu zerstören, alle ruhenden Impulse mit grausamer Wollust zu wecken, und wenn die gemarterte Natur endlich zu dem Schauer der Erkenntnis erwachte und die erste Süßigkeit des Verlangens und der Sehnsucht im trunken gewordenen Blute aufglomm –

Dann kam seine Sekunde krankhafter Erregung und Entspannung zugleich, – wenn er dieser jungen, keuschen, von seinem Gifte vorzeitig entbrannten Weibesseele den Dolch der Entsagung mitten in das auflohende Verlangen stoßen konnte.

– Ach – sagte er – in allen Pulsen bebend – geh, ich verachte dich – ich wollte dich nur prüfen, wie weit ich dich bringen konnte.

Und das Zusammenbrechen des in seiner Scham und Qual vergehenden Geschöpfes – das war ihm dann das Allerletzte, das er zu seinem aufgewühlten Leidenschaftsgenusse brauchte.

Mit vielen trieb er so sein rohes Weidwerk.

Immer lüsterner wurde seine Erwartung auf die neue Variante des kommenden Spieles.

Und eines Tages hatte er eine gefunden, die schlug ihn mitten ins Gesicht und stürzte mit einem wilden Fluch aus dem Zimmer hinaus.

Er lachte laut auf. Das war doch einmal etwas ganz Neues.

Was würde weiter noch möglich sein? Er harrte in krankhafter Spannung auf kommende Sensationen.

Da fand er sie.

Die ganz noch Unerblühte.

Auf dem Friedhof war es. Sie lehnte am Grabe der Mutter.

Aus der Dunkelheit des Gewandes leuchtete ihre sanfte Lieblichkeit wie eine Lilie auf.

Er stand wie gebannt. Diese aufgelöste Hingegebenheit an sich reißen, diese schwermütige Müdigkeit aufstacheln, diese im Schmerz erstarrten Augen aufglühen machen im Taumel des erwachenden Rausches –

Er nahm die Rose von seiner Brust, trat zu ihr hin und reichte sie ihr.

Spontan, wie im Traum griff sie danach.

Er hielt sanft ihre Hand und sah ihr in die Augen.

Dann ging er.

Sie legte die Rose auf das Grab, und sein Bild entfiel ihrer Seele.

– Sie sind allein – sagte er am nächsten Tage, und seine Worte hatten den weichen, bebenden Klang tiefer Ergriffenheit.

– Ganz allein – entgegnete sie mit leiser, verlöschender Stimme. Ihr Blick hing leer in dem seinen, und als er an ihr vorüber war, wußte sie nichts mehr von ihm.

Doch er kam täglich, und täglich fand er sie zerbrochen und hilflos unter der Qual der lastenden Einsamkeit.

Er grüßte sie tief und eindringlich. Sagte ein Wort der Frage, des Trostes, bis sie ihn allgemach wie den Schatten ihres Schmerzes empfand, der überall mit ihr war.

Da nahm er eines Tages ihren Arm, legte ihn in den seinen und führte sie von dem Altare ihres Leides weg, hinaus zu den blühenden Gärten des Lebens.

Langsam, ganz langsam, Schritt um Schritt gelang es ihm, Augen und Ohren wieder willig zu machen, anderes zu sehen als immer nur den Schmerz, anderes zu hören als nur die Klage.

Aber je länger es dauerte und je schwerer es ihm wurde, sie über die geweihte Schwelle des Todes hinweg zu überreden, um die Tore zu den Gefilden des Lebens so leise und unhörbar vor ihr zu öffnen, daß sie eines Tages, geblendet vom ungewohnten Licht, in tiefen Schauern erbebte, – desto straffer spannte sich seine kranke Lust, diese makellose Lilienreine an der Brandfackel der Leidenschaft aufglühen und ersterben zu sehen.

Immer enger umkreiste er sie mit den Lockungen und Verderbungen seines bösen Willens, und jeder Schritt, der sie näher zu dem Abgrunde heranführte, erfüllte seine lauernde Lust mit dämonischer Freude.

Und endlich hatte er sie so weit gebracht, daß die Schauer der Leidenschaft über sie hinflogen wie Sommerwinde über bebendes Espenlaub, und ihre kühle Stille an dem wilden Feuer seiner Lockungen zersprang wie feines, klirrendes Glas. Alle Türen der Erwartungen öffneten sich weit in ihr, um alle Holdheit der Liebe aufzunehmen, die sie zu dieser Schwelle gebracht. Konnte anderes als Liebe so führen wollen?

Und da stieß er auch ihr den scharfen Dolch der Verachtung mitten in die aufblühende Knospe ihres keuschen Weibtums.

Das jähe Erbleichen, das furchtbare Erschrecken, die hilflose Verwirrung, die über sie herfielen, und das eben noch in aller Süße der erwachenden Liebe wie von einem Mantel der Schönheit umhüllte, urplötzlich in ein Chaos widersprechendster Empfindungen verstrickte Geschöpf gab dem Versucher diesmal den wildesten Siegesrausch, und, von seinem perversen Triumphgefühl verzückt, überließ er die Einsame allen Qualen der Scham und Verzweiflung. –

Andern Tages las er in den Zeitungen, daß sie durch einen Sturz aus dem Fenster ihrem Leben ein Ende gemacht. Da zog es ihn, wie den Mörder, unwiderstehlich zu der Toten hin.

Von hohen Kerzen umstrahlt, von einem blühenden Garten umstellt, fand er sie in der Totenhalle.

Der zerbrochene Körper lag von zarten Spitzengeweben verhüllt. Das holde Angesicht war unversehrt und die keusche Lilienschönheit von einem tiefen inneren Leuchten durchstrahlt, als habe die fliehende Seele dem Körper für einen seligen Augenblick den Hauch ihrer Göttlichkeit zurückgelassen.

Der Fremdling schaute starr und finster in dieses königliche Antlitz, das, erlöst von dem Zwange seiner Erdhaftigkeit, in kristallener Reinheit erstrahlte.

Scharf wie ein Dolch stieß diese Reinheit in seine Finsternis. Und ein jähes Erkennen durchbrach die Schranken seiner entgöttlichten Welt.

Sein harter Wille brach zusammen, und wie ein wüster Trümmerhaufen überstürzten ihn die furchtbaren Erinnerungen seiner Tage und Nächte und schlugen ihm alle wilde Macht aus den zitternden Händen.

Sein Leben hatte plötzlich jeden Sinn verloren.

Und er gab sich den Tod.

Aber es war jener bittre Tod, der die Seele, unerlöst von Leben und Liebe, zu den Schatten der Ewig-Wandernden verstößt.

In der Dämmerung

Hat nicht die Dämmerung etwas Auflösendes?

Die Grenzen der Wirklichkeit verschieben sich. Heute und morgen sind nicht mehr; nur die Zeit, das große Reservoir allen Geschehens, umbraust die Ufer des Bewußtseins. Doppelt aufgelöst zu sich selbst und uferlos im Empfinden wird diese Zeitgleiche zwischen Tag und Nächten dem sich ihr Hingebenden, wenn die goldnen Tropfen des Weines die letzten Kreise des Zwanges sprengen, in den jedes Leben durch die Wirklichkeit seines Berufes, seiner Stellung und Wesensart eingekettet ist.

So aufgelöst zu sich selbst und gegeneinander saßen die vier Männer in der Stunde des verebbenden Lichtes eines Spätherbstabends in dem traulichen Raum eines honigbraun getäfelten Trinkstübchens beisammen.

Der letzte Abendschein fiel durch die bunten Fenster auf die dunkle Diele. Im Kamin knisterten die ersten Holzscheite und machten die uralten Zinnkrüge und hohen Glasrömer auf den Paneelen förmlich jung und verführerisch.

Etwas stillos, aber bequem waren vier weiträumige Klubsessel um den runden Tisch geschoben, der aus dem Winkel der an der einen Wand zusammenlaufenden, lederbezogenen Bänke in die Mitte des Raumes gerückt war.

Denn die Vier, die da gemütlich und in wohliger Gelöstheit des Körpers und Geistes um Tisch und Weinhumpen saßen, waren die Jüngsten nicht mehr und wußten die Stillosigkeit dieser geruhsamen Bequemlichkeit ihrer Niederlassung aus dem vollgerüttelten Maß ihrer Abspannung und Ermüdung heraus gründlich zu genießen.

Das Lüsterweibchen an der Decke allerdings grinste ein wenig verächtlich aus sie herab, aber das genierte die alten Herren nicht weiter. Nach der großen Ferienpause saßen sie nun wie alljährlich wieder für Herbst und Winter um diese Abendstunde zusammen. Genossen die Dämmerung, so lang es irgend ging, denn sie wußten um den tiefen, süßen Zauber ihrer auflösenden und zugleich die Letztheiten der Seele aufregenden Macht. –

Der Hausherr schenkte die grüngoldnen Prunkrömer voll, und der köstliche Duft des sonnenschweren Weines ergoß sich wie eine feintönige Luft in den Raum und gab den erschlafften Nerven jene wohlige Spannung und sanfte Vibration, die in einem huschenden Augenblick das vom Tag und der Wirklichkeit zerquälte Ich zur Tiefe seines eigenen verschobenen Mittelpunktes zurückführt.

Die Vier ergriffen die Gläser und ließen sie mit den behutsamen Händen des Alters aneinanderklirren; in ihren Augen zitterte schon das leise Flimmern der Verträumtheit, die, aus dem Dufte des goldnen Trankes aufsteigend, in dem Sonne und Erde in glühenden Melodien zusammenschwingen, auch die verkümmerte Seele zu Rausch, Feuer und Jugend aufblühen läßt.

Und diese hier gehörten nicht zu den Verkümmerten.

An freien, weiten Horizonten lasen sie die Zeichen ihrer Lebensuhren ab und blickten auf ihren Weg zurück wie in einen Kelch voll tiefer, hinreißender Erinnerungen. Ihrer drei waren berühmte Koryphäen der Medizin, der vierte ein Künstler.

– Und nun, Freunde, was soll es diesmal sein – sagte der Hausherr. – Weißes, seidenweiches Haar hing ihm in schönen Locken silbern um das edle Apolloantlitz. Die Augen leuchteten in blitzendem Blau. Der Mund, in sinnlich geschwungenen großen Linien, sprach von dionysischen Festen, über denen aber die Weisheitsrunen der hohen, freien Stirn ihre sichere Zügelung ausstrahlten.

– Was soll es diesmal sein – fragte er mit der runden, festen Stimme bewußt zusammengehaltener Kraft.

Sie stellten sich immer ein Thema für diese, dem trunkenen Gotte geweihten Stunden.

– Eh – sagte der Zweitälteste unsere Reisebilder sind abgenutzt.

– Unsere Jugenderinnerungen kennen wir so ziemlich auswendig – meinte schalkhaft lächelnd der dritte.

– Nun – sagte der Künstler – und was bleibt ewig jung neben Wein und Gesang?

– Ha – das ewige Lied vom Weibe – von der Liebe – der Leidenschaft.

– Nun wohl, Freunde. Es sei. Da Liebe, Weib und Leidenschaft unerschöpflich sind, ist dieser Dreiklang wie das Leben selbst. Das Weib zumal, wir können es von tausend Seiten anfassen. Es ist immer neu – entschlüpft unseren Händen und ist immer wieder da.

– Ob wir dem Weibe auch so interessant sind als es uns? – fragte der Geheimrat B., von dessen rot umhauchtem Kopf und Bartwuchs und ebenso rötlich angehauchtem frischem Altersgesicht eine seltsam vibrierende Beweglichkeit ausströmte, die jeden Augenblick zu gefährlicher Entladung kommen konnte.

– Das glaube ich nicht – entgegnete Hofrat von M., das Weib sieht uns nur aus dem einen Punkte, aus dem all sein Ach und OH zu kurieren ist – während wir das ganze Spektrum seiner inneren und äußeren Strukturen überblicken und durchschauen. –

– Hm – durchschauen und überblicken. – Der Maler fuhr sich mit der weißen, sinnlich weichen, wohlgeformten Hand durch das dichte, immer noch schwarze Haar, schob die schwere, brutale Unterlippe vor, und in seinen dunkel aufglühenden Augen funkelte eine fast wilde Lebensgier.

– Durchschauen – er tat einen großen Zug aus dem Römer.

– Mag sein, für euch Männer der Wissenschaft – wir Künstler kennen sie anders – unseren Sinnen ein ewiger Durst – unserem Geiste ein ewiges Rätsel – Lust und Qual zugleich – Fluch und Segen – immer da und doch nie zu greifen, ein leerer Raum, in den wir unsere eigenen Sehnsüchte und Bejahungen hineinprojizieren. –

– Wohl – es sei das Weib – sagte der Hausherr, mit milder Stimme die Bitternis des andern vor sich hertreibend.

– Aber nicht unsere eigenen Erlebnisse – die wir wohl alle schon so ziemlich miteinander durchlebten – und an Neuem – meinte er mit bittersüßem Sarkasmus – wird wohl nicht viel Bedeutsames dazugekommen sein in Anbetracht unserer –

Der Künstler erhob das Glas – er konnte den Ton vom Altern nicht in seinen Ohren leiden, für ihn war die Zeit nichts, das Leben alles, und mit der Intensität seines Künstlerblutes fühlte er sich jenseits von Jugend und Alter in gleichem Rhythmus seiner selbst zu allem umher.

Die andern tranken und schmunzelten gütig und nachsichtig mit dem, was sie als seine Schwäche belächelten, im letzten Grunde indes als etwas sehr Starkes und Beneidenswertes empfanden.

– Also – nahm der Hausherr das Wort. Also vom Weibe, was wir Seltsames von ihm erfuhren durch das Medium des Andern – er sei Freund oder Feind. –

– Ihr Ärzte habt da leichtes Spiel. Ihr braucht nur hineinzugreifen ins volle Erfahren – nun, so beginne einer von euch. Aber etwas ganz Besonderes muß es sein, das unserem Rauschstündlein eine grause oder feine Würze gibt.

– Dann ist‘s an dir, zu beginnen – meinte der Hausherr und klang sein Glas an das des Rothaarigen an – du, der Hüter an den Toren des Wahnsinns, wirst wohl vom Besonderen das Besonderste zu sagen haben. –

Der Rothaarige erhob sich und ging zum Kamin. Er sprach am liebsten stehend. Mit seinen hageren, stark blau geäderten Händen spielte er einige Augenblicke im langen, wohlgepflegten Barte, in dessen Dickicht sich die schlängelnden Wellenspiele seines zynischen Lächelns unmerklich verloren.

Lag nicht vor ihm der ganze Wust und Abfall aus der ungeheuren Werkstatt des Lebens, dem gegenüber eine gewisse steinerne Brutalität der Anschauung die einzige Sicherung der eigenen Identität blieb, wenn auch den armen Opfern gegenüber ihm immer wieder die Quellen des wissenden Mitleids aufsprangen?

– Je nun – sagte er nach einer Weile. – Ihr wollt bei mir das Gruseln fühlen, jenes angenehme Gruseln, das kalt über den Rücken der andern läuft, während wir hübsch im Warmen sitzen. Ihr sollt es haben –

– Eh – warte ein wenig, fiel der Künstler ein. Der Geheimrat runzelte ärgerlich die Stirn.

– Laß deine Geschichte einen Namen haben –

– Wozu – fragte der Rothaar, und ein eigensinniger Zug zuckte um seinen Mund; er, der Alleinherrscher in seinem traurigen Reiche war es nicht gewohnt, unterbrochen zu werden, noch irgendeine Direktion anzunehmen.

– Der Name ist viel. Er ist gleichsam der embryonale Punkt, von dem das Geschehen ausgeht, und konzentriert die Aufmerksamkeit, die sonst in zu vielen Strahlen der Erwartung auseinanderläuft – für meine Bilder muß ich immer einen Namen nehmen, ehe ich anfange, –

– Na also – nun, so einfach ist‘s ja doch nicht – der Rote nagte einige Minuten an seiner vorgeschobenen Unterlippe. – Na – sagen wir meinetwegen – das rote Lachen –

– Ha – famos – sagte der Künstler und reckte sich in seinem Sessel zur weitreichendsten Bequemlichkeit aus.

– Nun aber – Mund halten – rief der Hausherr mit liebenswürdiger Stimme.

– Es ist also natürlich, daß uns Irrenhäuslern –

Alle lachten auf.

– Nun – stecken wir etwa nicht auch mit drin? – Also, daß uns der seltsamen Dinge seltsamste, der dunklen dunkelste zu Ohren, Augen und Händen kommen. – War da eine Familie, ehrbar bis zur Prüderie, normal bis zur Philisterhaftigkeit. Die hatte eine Tochter. Schön, voll Temperament – wo sie das her hatte, habe ich nie ergründet. Ich kannte den reichen Kommerzienrat von einer Reise her und war dadurch in eine lockere Beziehung zu seinem Hause gekommen. Die Tochter fiel auf. War viel umworben. Lebte das übliche Leben einer filia domestica, und alles ging scheinbar seinen vorschriftsmäßigen Gang. Man wartete gespannt auf den kommenden Mann. Der aber eben nicht kommen wollte. Trotz Geld – trotz Schönheit; es war schier unbegreiflich. Da bemerkte ich eines Tages, daß dem Mädchen etwas zur Erde fiel und sie es errötend aufhob und in größter Verlegenheit nicht wußte, wohin damit. Da wir gerade allein waren, sagte ich: »Aber Kata, vor einem Arzte braucht man nichts zu verbergen; was ist es denn, das Sie so erregt?« Und ich nahm ihre feine, weiße Hand, öffnete die widerstrebende kleine Faust, und was war es? – nichts als eine ganz kleine, zarte Flocke von rosaroter Watte. Da erschrak ich auch ein wenig. Schaute zu den hübschen, zierlichen Ohren und wußte genug. Ein schwerer Tropfen grünlichen Eiters quoll langsam darin hervor. Kata fing meinen Blick auf, steckte schnell das Wattebäuschchen hinein und ging tief errötend rasch aus dem Zimmer.

Da wurde mir ein wenig angst um das Mädchen. Feuer und Flamme im Blut und Rasse in den Nerven und dieses Übel, das auf schwere innere Störung schließen ließ und jederzeit bemerkbar werden konnte. Und ich verstand, wie dieses reizende, kleine Ohr den in alles übrige verliebten Mann stutzig und plötzlich abwendig machen konnte. Arme Kata – dachte ich. Vergaß sie aber dann über der Menge noch schwererer Fälle um so schneller, als die Familie für längere Zeit aus Reisen ging, weit in den Süden hinein, wohl in der Absicht und Hoffnung, dort eher zu dem Ziele zu gelangen, das sie für die einzige Erbtochter erstreben mußten.

So vergingen einige Jahre. Die Familie war mir völlig aus dem Sinn gekommen. – Da wurde ich eines Tages telephonisch angerufen und um schleunigstes Kommen gebeten.

Ich grübelte vergeblich aus der Hinfahrt, was dieser angstvolle Ruf zu bedeuten habe, wem in dieser normalen Dutzendfamilie Blut oder Geist so zu Kopf gestiegen sein mochte, daß sie meiner abseitigen Kunst bedurften.

Da kam mir plötzlich jene kleine Szene zurück. Aha – Kata – dachte ich.

Und so war es auch.

Ich fand das ganze Haus in wilder Verstörtheit.

Aus einem der Räume schrillte ein furchtbares Lachen her. Jenes hohe, kreischende, stiere, leere Lachen des Wahnsinns, das selbst uns noch an die Nerven greift.

Die gänzlich gebrochene Mutter lag in einer Ohnmacht in ihrem Zimmer.

Der Kommerzienrat führte mich mit zitternden Füßen zu der Tochter. Als ich über die Schwelle trat, riß sich Kata von der sie haltenden Krankenschwester los, flog mit plötzlich sonnig heiterem Gesicht auf mich zu.

– Bist du es endlich, Paolo – rief sie und stürzte mir an die Brust. –

– Um Gottes willen, sprechen Sie nicht – flüsterte mir der Vater zu –

Aber ich mußte endlich reden, um mich den rasenden Umarmungen zu entziehen. –

– Kata – liebes Kind – sagte ich voll Mitleid in Herz und Stimme. Aber kaum war mir der erste Ton entschlüpft, als die Kranke voll Abscheu mich von sich stieß. –

– Wo ist Paolo – was habt ihr mit ihm gemacht? – und wieder brach sie in gellende Lachkrämpfe aus. Ich sah in ein von Mut und Leidenschaft zerstörtes Gesicht, alle Schönheit war erloschen, die einst so feinen Linien ins vulgäre und Rohe zerfallen.

Die Krankenschwester versuchte, die sich ihr immer wieder entwindende Gestalt zu fassen.

Mir war es ein leichtes, das zart gebaute Geschöpf in die Arme zu nehmen und in mein Auto zu tragen.

Der Vater stieg mit ein.

Ich nahm Kata mit einer Hand fest an meine Seite, mit der andern hielt ich ihre beiden Arme umfaßt. Eine Weile blieb sie so ganz still. Kaum aber lockerte ich ein wenig den festen Griff um sie, riß sie sich los, schlug gegen das Fenster, gellte ihr Lachen wieder aus, und zwischenhinein überschüttete sie mich mit einer Flut gemeinster Worte und laszriver Beschimpfungen.

Ich fing sie wieder ein.

Der arme Vater lag schluchzend in einen Winkel des Wagens gedrückt.

In der Anstalt empfing uns einer der Assistenzärzte und der Wärter. Kata riß sich jäh von mir los, flog dem Wärter in die Arme – Paolo, bist – du‘s – sprich, Paolo, –

– Kein Wort – raunte ich dem Manne zu –

So konnten wir sie, eng an den Wärter geschmiegt, schmeichelnde Liebesworte in sein Ohr flüsternd, zur Zelle bringen. –

In meinem Kabinett erzählte mir der Vater die traurige Geschichte.

Durch Italien und Spanien hatten sie die schöne Tochter geführt. Überall fand sie Bewunderer und Bewerber, die aber alle plötzlich, scheinbar ohne jeden Grund, wieder absprangen.

Kata wurde nervös. Unruhig, aufgeregt fing sie ihrerseits nun an, den Männern entgegenzukommen. Das sonst so zarte, scheue Geschöpf wurde kokett, herausfordernd, ja zudringlich, verliebte sich dann bis zur Raserei in einen feurigen spanischen Sänger, der ihre Koketterien erwiderte und die erotisch aufs Äußerste gespannten Nerven mit raffiniertem Spiel so ausreizte, daß eine Entladung kommen mußte. Eines Nachts – sie lebten in einem Hotel – ging Kata zu ihm ins Zimmer und warf sich ihm an den Hals.

Der Rohling führte sie kaltlächelnd zur Tür. –

Daß da der Wahnsinn seinen Keim empfing, war nur zu begreiflich. –

Und so wurde sie einige Zeit meine Gefangene.

Schritt um Schritt verblich der letzte Rest ihrer Schönheit, blieb nur noch das menschliche Gerüst, aus dem ein tierisches Antlitz, in einem grauenvollen Lachen verzerrt, herausblickte. Dieses furchtbare Lachen des heißen, dürstenden, betrogenen Blutes – das rote Lachen des entfesselten Dämons der Leidenschaft – es gellt mir noch heute in den Ohren, doppelt furchtbar, da es aus dem Munde eines einst feinen, schönen und keuschen Weibes kam. – Dieser Furor raffte sie schnell dahin, noch ehe das andere Leiden sein tödliches Stadium erreicht hatte. –

Die Männer schwiegen.

– Da kann einem wirklich der Grusel kommen – sagte der Künstler. – Konnte das arme Wesen nicht früher gerettet werden – sich selbst retten?

– Als sie es versuchte, bekam es ihr schlecht – sagte der Hofrat mit einem schiefen Lächeln in den Mundwinkeln.

– Da war es zu spät, früher hätte es sich über Sitte und Gesellschaftsmoral hinwegsetzen, das Schicksal selbst in die Hand nehmen sollen. –

– Das Weib – sein Schicksal in die Hand nehmen, wäre das wünschbar? – warf der Hausherr ein.

– Nein – rief der Rote und schlug derb mit der Hand aus den Tisch. Das Weib ist durch seine besondere Physis absolut eine Schicksalsgebundene –

– Und muß es bleiben – sagte der Hausherr, muß es unerbittlich bleiben um des Kindes willen. –

– Ihr Ärzte seid die ewig Grausamen – rief der Künstler.

– Wehe der Menschheit, wenn wir es nicht mehr wären – antwortete der Rote, füllte seinen Römer und trank ihn in einem Zuge aus, und seine Augen, die in der Erinnerung seltsam weich geworden waren, hatten wieder ihren harten, herrischen Glanz. –

– Diese Grenzfragen zwischen den Geschlechtern werden wohl bis zum Weltuntergänge der circulus vitiosusbleiben, aus dem es kein Entrinnen gibt – sagte der Hofrat – und es ist auch gut so. Eine zu glatte Rechnung höbe mit einem Male alle jene erotischen Konflikte aus, aus denen das Tragische des Lebens erwächst, und wollten wir aus dem Leben wirklich lieber eine lieblich plätschernde Komödie mit obligatem Ja und Amen machen?

– Nee – das wäre denn doch zu öde – meinte der Künstler.

– Na also – lassen wir dem Weibe seine Rätsel und uns – die Lösungen.

– Du ewiger Zyniker mit den Lippen – wenn wir dich nicht anders im Handeln kennten.

– Aber nun deine Geschichte – die dir sicher schon auf der Zungenspitze liegt.

– Allerdings, mir kommt da eine Erinnerung, die eben hierher paßt – tragisch – grausam – gute Illustration zu dem Thema: soll das Weib sein Schicksal selbst in die Hand nehmen?

– Also los – ries der Künstler – wie soll sie heißen?

– Der Titel gibt sich ohne langes Besinnen – Rache um Rache.

– Das kann ja gut werden – meinte der Künstler und streckte sich, mit allen Fibern lauschend, wieder zu seiner vollen Länge aus. –

– Die Geschichte ist kurz – aber dafür gibt es einen Pistolenschuß darin, so kommt ihr aus eure Rechnung. Der Hofrat grinste ein wenig boshaft zu dem Künstler hin, fuhr sich mit einer kreisförmigen Bewegung der Hand über die mächtige Glatze, als suche sie dort nach einst so schön Vorhandenem. Die Hand fiel enttäuscht herab, und der große, beredsame Mund trat in sein Recht.

– In der hellen, grünen Jugend war es. In der Zeit, wo gewisse Grenzfragen zwischen Ihm und Ihr uns vulkanisch zu bedrängen anfangen. Wo Elternhaus und Schule die stärksten Wälle gegen diese drohenden Explosionen um uns aufbauen in Form von scharfen Imperativen und drohenden Pönitenzen, die wir natürlich mit um so listigeren Heimlichkeiten und gereizterer Zielsicherheit beantworteten – just wie sie selbst es taten – einst im Mai.

Nun – wir Schelme wissen es ja, wie es ging. Der nächtliche Fenstersprung, die frisch geölte Tür – die Stiefel in der Hand, und was so weiter zu dieser, wie es scheint, naturgewollten Problematik der grünen Zeit gehört.

Also, so saßen wir denn endlich glücklich in der Spelunke, einem kleinen, dunstigen Bierlokal. Der Rauch der verbotenen Zigarre lag dick und wohlig über unserem mehr oder weniger bedrückten Gewissen. In diesem blauen Dunst, den wir uns selbst vormachten, schien das Leben in herrlicher Endlosigkeit vor uns zu liegen. Die Tische waren an die Wand gerückt, in den Bänken darum hockten wir bierselig und furchtbar neugierig, denn heute abend sollte die blaue Dame kommen, mit deren Liebreiz und Holdseligkeit uns der älteste der Bande schon die ganze Woche her Kopf und Nerven aufgeregt hatte.

In der Mitte des Zimmers war Platz gemacht zum Tanze, und auf einem kleinen, fast am Plafond klebenden Balkon saßen einige Musikanten. Die Fenster waren dick verhangen, so daß nach außen nichts Verdächtiges zu vernehmen war.

Endlich tat sich die Tür auf, und die Blaue trat ein.

Hoch, schlank, von süßester Blondheit im knisternden, blauen Seidenkleid, das ihr den Namen gegeben.

Alle erhoben sich neugierig. Die Mutigsten gingen ihr entgegen, und mit übersprudelnder Liebenswürdigkeit erwiderte sie Händedruck und andrängende Gesten.

Ich saß voll Neid in meinem Winkel, viel zu schüchtern vor allem, was lange Haare hatte –

Ein etwas boshaftes Kichern unterbrach für einige Sekunden den Redner.

– Einst im Mai – ist längst vorbei – parierte er kühl die Anzüglichkeit.

– Also ich saß voll Neid und Sehnsucht in meinem Winkel und sah giftgeschwollenen Herzens, wie sich alles zu der blauen Schönheit drängte, wie sie allen eine Zusage für den Tanz gab und die anderen holden Mägdlein mit wutgefüllten Augen auf die Wallfahrt von ihnen weg blickten, dann aber süßsauren Antlitzes doch die Brosamen annahmen, die ihnen zufielen. Bald vergaßen sich alle im Tanz, Geplauder und Getränk, und die Stimmung stand ziemlich hoch, als sich wieder die Tür öffnete.

Alles sah verblüfft und erschreckt auf, da wir uns vollzählig wußten. Aber es war keine Gefahr. Ein flotter Student war es, der eintrat, einen schnellen Blick über die Anwesenden warf, sich an einen der Tische setzte und eine Flasche Wein bestellte.

Nun hatte die allgemeine Aufmerksamkeit zwei Schwerpunkte erhalten. Besonders als man merkte, daß zwischen der blauen Dame und dem Studenten eine Beziehung bestand. Sein suchendes Auge blieb an ihr haften. Sie erbleichte und warf ihm dann einen kalten, höhnischen Blick zu. Dann tanzte, lachte und schäkerte sie wieder wie vordem, und es war ein Locken und Werben um sie her, das wie ein Rosenrausch den grünen Jungen zu Kopfe stieg.

Ich saß noch immer in meinem Winkel und entschädigte mich für meine ungewollte und doch nicht zu durchbrechende Isolierung mit der scharfen Beobachtung des ringsum Vorgehenden.

Es war spät geworden. Die Atmosphäre von Rauch, Bier und Tanzechauffement aufs äußerste gespannt. Die jungen Männer, die ja meist noch Knaben waren, saßen mit aufgedunsenen Gesichtern, rauchend und trinkend in recht aufgelösten Stellungen neben der jeweilig zur Kurzweil Erkorenen, und viel Kluges wird damals wohl kaum über ihre schon etwas angebarteten Lippen gekommen sein.

Der Student saß blaß und versonnen bei seinem Weine, stützte den Kopf in die Hand und blickte unausgesetzt zu der Blauen hinüber, die sich so gesetzt hatte, daß ein gefährliches Augenspiel zwischen ihnen hin und her gehen konnte. Sie kokettierte so wahl- und ziellos mit den Dreisten und allzu Dreisten, die sie umkreisten, daß man deutlich die Absicht fühlte, dem Einen dort ein Ärgernis zu sein.

Der verwandte keinen Blick von ihr. Und dieser Blick, der zuvor düster und drohend gegen sie stand, wurde allmählich voll so frechen Hohnes, daß das Mädchen unter ihm errötete und erbleichte und schließlich, ihrer selbst nicht mehr mächtig, aufsprang und zu ihm hinüberrief: – Was willst du eigentlich von mir?

Als habe er nur auf diesen Anruf gewartet, erhob sich der Student. Langsam und wuchtig, wie von der Schwere des Weines und noch einer inneren ungeheuren Erregung beladen.

– Meine Rache will ich – schrie er ihr ins Gesicht – meine Rache an den Lieben, die du verdorben hast.

Das Weib lachte gell auf.

– Deine Rache – schrie sie. – Ihr verdarbt erst mich – die Sieben sind meine Rache an euch gewesen!

Mitten in ihr Lachen hinein krachte ein Schuß und riß die aufs höchste gespannte Erregung entzwei.

Blutüberströmt fiel das Weib gegen die Wand.

In dem Gedränge der herbeieilenden suchten wir das Weite. Zu Tode erschreckt und dennoch so seltsam befriedigt in unserer grünen Sensationslüsternheit. Für eine lange Weile aber von der gefährlichen Zone verscheucht. –

Es blieb wieder ein Schweigen im Raume.

Jenes tiefe, beredte Schweigen, das der Erzähler liebt, in dem man es in den Kratern der Empfindungen förmlich brausen und kochen fühlt, bis die aufgewühlte Lava zum Rande steigt und überquillt.

– Und solch tragisches Finale ist dem Weibe meist beschicken, wenn es an Hymens sicherer Fackel vorbei zu Eros‘ wilden Feuern strebt – sagte der Hausherr.

– Ist doch Eros das Tragische an sich – alles dunkle Geschehen, alles geheimnisvolle Erleben, die grauenvolle Mystik unserer psychophysischen Verstricktheit ist unlöslich an dieses Element gebunden, das, aus unserem Leben genommen, dieses sofort in eine stumpfe Leere, eine weithin überschaubare, öde Ebene verwandeln würde. –

Der rote Geheimrat sprach das mehr zu sich selbst, fast in sein Glas hinein, aus dessen aufsteigendem Duft ihn eine feine Berauschung anhauchte.

– Ja – wahrlich, von tiefer Tragik umweht ist alles erotische Erfahren, und es gehört schon Ungeheures an Kräften dazu, lebend aus seinen Abgründen zurückzukehren – sagte der Künstler.

– Ihr Künstler seid da den wildesten Orkanen preisgegeben. –

– Dafür erfahren wir aber auch die unerhörtesten Verzückungen, mit denen wir euch anderen in unseren Werken überschütten.

– Bis Plutos den Eros überwindet und das Satyrspiel der Ehe alle Tragik auslöscht – rief der Hofrat ironisch, – teils mit ein wenig Anzüglichkeit zum Maler hin, teils um die etwas dunkle Stimmung wieder zu erleichtern.

– Was dieses Satyrspiel betrifft, mein Lieber – warf der Hausherr ein –, so sehen wir Wissenden doch wohl zur Genüge, daß auch da des Tragischen genug und übergenug zu finden ist – und wenn ihr wollt, soll mein Anteil am heutigen Dämmerungsopfer eine Geschichte aus dem Eheleben sein.

– Namen aber habe ich keinen für sie – vielmehr gebe ich ihn der Geschichte nicht, da er die ganze Lösung in sich zu deutlich enthüllen und mir den Effekt verderben würde. Ich überlasse es euch, ihn nachträglich dazu zu finden.

Zu meinem Patientenkreis gehörte vor Jahren auch eine liebenswürdige Generalin Exzellenz v. S. Sie hatte einen einzigen Sohn, den sie abgöttisch liebte und an dem sie mit besonderer Zärtlichkeit hing, da sie in ihrer Ehe mit dem trockenen, viele Jahre älteren Manne wohl alles entbehrt hatte, was sie als junges, schönes Weib zu erwarten berechtigt war.

Der Sohn war hochbegabt und hatte von der zwar trockenen, aber sehr starken Persönlichkeit des Vaters und dem weichen, beweglichen Temperament der Mutter die glückliche mittlere Linie empfangen, die ihm einen leichten und frohen Weg durchs Leben geben konnte. Selbst die etwas zu nachgiebige Erziehung der allzu gütigen Mutter hatte nichts an ihm verdorben, und als der Schaum der Brausejahre glücklich abgeebbt war, konnte auch diese anspruchsvolle Mutter ein stolzes Genügen an ihm finden. Wie er dann aber zu Amt und Würden des akademischen Berufes aufstieg, begann eine tiefe Sorge im Herzen der Mutter aufzukeimen. Es überfiel sie jener tragische Zwiespalt der Gefühle, mit welchem die Mutter dem Sohne die so nötige Gattin wünscht, während zugleich die tödliche Furcht sie quält, den geliebten Menschen zu verlieren oder doch an ein Wesen gebunden zu sehen, das ihn nicht zu beglücken vermöchte.

Im stillen Kämmerlein ihres Herzens hatte sie, wie das liebende Mütter gerne tun, ihm längst eine Frau ausgesucht. In ihrem Hause lebte die Tochter einer verstorbenen Freundin, die ihr sehr ans Herz gewachsen war. Nora war eines jener Mädchen, deren gesunde und frische Natürlichkeit den Augen und Nerven unendlich wohltun. Sie fallen nicht auf, sind immer da, wo man sie braucht, wissen sich ein- und anzuschmiegen und der symphonia domestica das seine, zarte Leitmotiv zu geben. Aber sie gehen so ganz auf in dieser Melodie, daß man sie so sehr als ein selbstverständliches Element des Milieus hinnimmt, daß erst ihr Fehlen sie als etwas Positives empfinden läßt. So nahm sie wohl auch der Sohn des Hauses hin. Als etwas unendlich Wohltuendes, Unentbehrliches, aber ohne jenes erregende Agens, das dem Manne den zündenden Funken in das Mut sprüht. Ohne diesen täglichen, alle Reize abschwächenden Kontakt wäre aber wohl auch in ihm die latente Sympathie zu stärkerer Wirkung gekommen.

Und gerade auf diese Stille in Nora‘s Wesen hatte die alte Exzellenz ihre süßeste Hoffnung gebaut. Diese würde nie den jähen, schmerzhaften, trennenden Sturm entfachen, den ihr bangendes Mutterherz wie den Tod fürchtete. Doppelt tief wurde dieser brennende Wunsch in ihr, als sie an kleinen, untrüglichen Zeichen erkannte, daß Nora‘s Herz sich ganz an den schönen, begabten, jungen Mann verloren hatte, dessen feine, vornehme Natur ihr offen wie ein täglich gelesenes Buch vor Bugen lag.

Aber wie es in diesen Dingen meist anders kommt, als die Wünschenden denken, so kam es auch hier.

Eines Tages brachte der Sohn seiner Mutter seine Braut ins Haus, von vornehmer Geburt, königlicher Haltung, leuchtenden Geistes, wie sie war, brachte er sie voll Stolz und tief beglückter Erschütterung zu dem Herzen seiner so sehr geliebten Mutter.

Daß die Mutter tief erblaßte und nicht sofort die spontane Geste der beseligten Freude und Umarmung fand, daß auch Nora verwirrt und blaß sich hilflos aus dem Zimmer stahl, merkte der selbst so stark Bewegte nicht. Und später, als das erste schwere Erschrecken der Enttäuschung vorüber war, fanden beide Frauen in ihren wahrhaft adeligen Seelen die selbstlose Kraft, der an ihrem Schmerz so gänzlich Unschuldigen, die Liebe und Freude zu geben, die sie so vollkommen erwarten durfte.

Die Ehe wurde, wie es zu erwarten war, harmonisch und glücklich. Die Generalin hatte sich darein gefunden, nicht mehr das ganze Herz ihres Sohnes zu besitzen. Nora war in ein fremdes Haus gegangen, ihr verwundetes Gemüt war dem täglichen Anblick des Glückes, das sie selbst so glühend begehrte, nicht gewachsen.

So gingen einige Jahre. Dann wurde das Kind erwartet, das allem Wohllaut des Lebens die letzte, süßeste Vollendung geben sollte.

Indes wollte es das Geschick, daß die Geburt dem Kinde das Leben kostete und die Mutter nach dem schweren operativen Eingriff für die Intimität der Ehe verloren war.

Eine ganz seltsame Veränderung ging nun zwischen den beiden vor sich. Die Generalin brach noch nach Jahren in bittere Tränen aus, als sie mir davon erzählte.

Es war dieselbe Liebe, dieselbe seine Rücksichtnahme, dasselbe Lauschen aus jeden Wunsch und seine Erfüllung.

Einem fremden Auge und Ohr konnte noch immer diese Ehe als eine selten vollkommene erscheinen.

Aber das Herz der Mutter sah und hörte anders.

Es war ein behutsames Umeinanderherumgehen. Von des Mannes Seite eine fast übersteigerte Rücksichtnahme und Umsorgung. Während über der Frau eine quälende Unruhe und Unsicherheit lag, ein Gefühl der Verschuldung, ein immerwährendes Flehen in Blick und Bewegung, das um

Verzeihung bat und dennoch wußte, daß nichts zu verzeihen war, daß es fortan endgültig immer so seltsam fern und leer und still zwischen ihnen bleiben würde.

Keines von beiden klagte mit dem leisesten Laut.

Die junge Frau suchte mit allen Kräften ihrer tiefen Liebe den leer gewordenen Raum der Leidenschaft mit dem Glanze ihres feinen, leuchtenden Geistes zu füllen. Musik und Bücher wurden ihre Welt, aus der sie immer neue Reize zu holen wußte, um dem Tage Leben und Bewegung zu geben.

Aber in den Nächten wußte sie, daß dies alles Schein und Lüge war. Der unabweisbaren Dualität der Natur fehlte der letzte Klang, der aus Tönen den Akkord gestaltet.

Ein Jahr ging so hin.

Die Exzellenz litt namenlos. Um so mehr, als sie die vornehme Natur des Sohnes kannte, der trotz der gegebenen Verhältnisse jede Untreue an dem geliebten Weibe als einen schweren Betrug an ihr empfunden hätte.

Allmählich verknäulte sich das Verhältnis der Ehegatten zu einem Grade, der kaum noch erträglich war. Es war, als müsse irgendwie etwas Gewaltsames geschehen, um diesem unhaltbaren Zustande ein Ende zu machen.

Zu einer Trennung hatte keines den Mut. Zu sehr waren sie mit den feinsten Fäden ihres Wesens aneinander gebunden.

Da faßte die Mutter einen starken Entschluß.

Sie ließ Nora kommen unter dem vorgeben, gesundheitlich ihrer durchaus zu bedürfen.

Diese wußte nichts von dem Konflikt.

Nach all der Zeit des Vergessens glaubte sie sich nun stark genug, dem Manne ohne zu schwere Erschütterung begegnen zu können. Daß dem nicht so war, wußte die Generalin, sie kannte dieses Mädchen zu gut. Und gerade aus diese Unauslöschlichkeit einer langen, tiefen Leidenschaft stellte sie ihren Plan.

Sie ließ die beiden Gatten unvorbereitet ins Haus kommen. Und was sie erwartet, geschah.

Nora verlor ihre Haltung, überstürzt von lange und tief getragenen Gefühlen, verriet sie sich den beiden bis zum letzten Grunde. Die junge Frau wußte mit einem einzigen Blick, wie es um jene stand.

Aber es geschah noch mehr, als die alte Exzellenz erwartet hatte. Ihr Sohn erblaßte ebenso tief als Nora. Was er damals im Taumel seines Glückes nicht sah oder sehen wollte, wurde ihm jäh erkennbar, und auch in ihm erwachten Erinnerungen an alles Nahe und Warme, was so lange zwischen ihnen gewesen, und die kraftvolle Gesundheit, die das Mädchen ausströmte, ließ plötzlich die ganze Bitterkeit seines Entbehrens in ihm aufbrechen.

Es war dies alles nur ein Augenblick, in dem dies alles in den vier Menschen vorging, aber es war einer jener Augenblicke, die voll Schicksal und Entladung sind.

Es kam, wie es die Exzellenz für sie alle gewollt.

Die junge Frau selbst nahm eines Tages Nora an ihr Herz, küßte sie mit schmerzlicher Güte und führte sie ihrem Manne in die Arme. –

Danach wurde die Atmosphäre des Hauses leichter und heller. Und allmählich leuchteten zwei Sterne aus dem Lebenswege des Mannes, Aphrodite und Urania teilten sich in seine Liebe.

Aber über allen blieben trotzalledem die dumpfen Schatten einer unauflösbaren Tragik. –

Der Hausherr seufzte leise.

– Dissonanz – wo man hingreift: Dissonanz.

– Ohne sie ist keine Harmonie zu denken – sagte der Künstler. – Wenn man die Geschichte der Musik die Geschichte der Dissonanz genannt hat, so kann man das auch von unserem Leben sagen.

– Und nun nachträglich den Namen für deine Erzählung; er liegt klar aus der Hand – Zwischen zwei Ehebetten – rief der Rote hinein, um wieder etwas Bewegung in die Nachdenklichkeit zu bringen.

– So ist es – sagte der Hausherr – als Finale ist dieser Titel selbstverständlich, als Präludium wäre er geschmacklos gewesen.

– Und wenn nun eine Frau in diesem seltsamen Doppelgleise gefahren wäre – sagte der Künstler mit einem großen Fragezeichen in seiner Stimme.

– Das ist dieselbe Frage, auf die es immer nur eine Antwort gibt: unmöglich.

– Zudem – nahm der Hofrat das Wort – quod licet Jovi –

– Nein – rief der Rote und schlug mit hartem Knöchel auf den Tisch – das geht zu weit, mein lieber Zyniker. –

Der Abend war schon weit vorgeschritten. Der Diener kam, um die Kerzen anzuzünden.

– Nein, nein – wehrte der Künstler ab, – ich kann nur in der Dämmerung erzählen – legt Holz in den Kamin, das ist Licht übergenug für das zarte Ding, das man Stimmung nennt, das verrinnt sofort, wenn es zu hell um uns wird. –

Und er schob seinen Sessel zum Feuer, kroch förmlich in die weite Runde desselben hinein und starrte in die knisternden Flammen. Seine dunklen, schwermütigen Augen hatten den Glanz von vielen und seltsamen Erinnerungen in der flackernden Unruhe ihres Hintergrundes.

Die andern tranken und warteten.

Zu allen Seltsamkeiten, die sie gegeben, hofften sie von ihm die allerseltsamste zu hören.

– Nun – hob er endlich an – meine Geschichte blüht in den Gefilden des Natürlichen, des allzu Natürlichen vielleicht. Ihren Kern möchte ich in die Formel fassen: Allzu nahe.

Unser Metier führt uns mit vielen Leben zusammen; nach oben und unten lockt uns das äußerste Thule. Die Augen sind unersättlich zum Sehen und Schauen, die ewig begehrlichen Hände greifen unermüdlich nach Form und Gestalt. Wenn wir die eigene Note gefunden, wird unser Name plötzlich ein Sesam, der uns weit alle goldnen Tore öffnet. Wir dringen in das Allerheiligste ein, in die Intimität der Familie.

In jener Zeit hatte ich die Einladung in die Villa des Grafen J. auf Capri. Da ich die ganze Familie als Gruppe und jede Person auch einzeln zu malen hatte, wurde es ein langer, und wie ich gleich vorwegnehmen will, ein schöner Aufenthalt.

Der in Schlesien reich begüterte Graf lebte seit Jahren aus dieser herrlichen Insel, da die zarte Gesundheit seiner Gemahlin, einer spanischen Edeldame, dem rauhen nordischen Klima nicht gewachsen war.

Die weiße Villa mit dem italienischen flachen Dach, den luftigen, blumenbehangenen Loggien, der herrlichen Freitreppe, weiten Ausgängen und hohen Räumen lag mitten in einem Park, der die ganze reiche Flora der Insel zu umfassen schien, und über ihn hinweg schaute man zum blauen Meere hin.

Il Paradiso stand in goldnen Lettern an der Eingangspforte, und man hätte keinen andern Namen dafür finden können. In diesem Idyll von Schönheit und Glanz lebten die vier Menschen in vornehmer Harmonie. Fern von dem Lärm und den Banalitäten, die den meisten Sterblichen Zeit und Raum verderben, floß ihr Leben wie ein reiner, starker Strom zwischen seligen Ufern dahin.

Eine Menge Bediensteter und Beamter war in Haus, Garten, Stall und Remise tätig, und es war seltsam, zu sehen, wie trotz feinster Liebenswürdigkeit und aller Wärme und Güte, mit der die Untergebenen von den Herrschaften behandelt wurden, sie sich so stark und einzig von allen übrigen abhoben, daß auch nicht der Hauch des Atems mit dem der andern sich zu mischen schien.

Ich hatte meine Gemächer und meine Bedienung für mich, mein Reitpferd und das Auto zur Verfügung. Ich lebte die ganze unaussprechliche Wonne dieser Götterinsel in vollen Zügen aus, so daß sie, wie kaum eine andere Erinnerung, mit leuchtender Trunkenheit noch heute mein Blut durchbebt.

Aber das gehört ja eigentlich nicht zu dem, was ich erzählen will.

Diese vier Menschen zu sehen, war für meine Augen eine tägliche Lust, sie zu malen eine glühende Freude.

Der Graf und die Gräfin absolut diametral einander entgegengesetzt in ihrer äußeren und inneren Wesenheit, und dadurch gerade das vollkommenste Komplement zueinander. Beide hoch und schlank, war er der Typ des vornehmen, blonden Germanen, während sie den vibrierenden Elan der dunklen Rassenreize ausstrahlte, die indes durch die Schatten der Krankheit wie von zarten Schleiern überhaucht waren. In seltsamster Vertauschung hatten die beiden Kinder eine schier unheimliche Ähnlichkeit von den Eltern empfangen.

Robert, der Sohn, wirkte mit der verführerischen dunklen Glut der Mutter, die im Feuer seiner vollkommenen Gesundheit in doppelter Strahlung leuchtete. Während Korinne das Mond des Vaters in süßeste Weiblichkeit übersetzte, deren bestrickende Lieblichkeit von einer fast beängstigenden Zartheit umblüht war.

Es war ein fesselndes und nie ermüdendes Bild, die wunderbare Liebespracht dieser Ehe zu schauen. Es war wie ein stetes Tasten, Fühlen und Hinneigen zueinander. Die tiefe Glut des heiligen Feuers ihres Blutes brach durch die vollkommene Vornehmheit ihrer Haltung und Geste wie die tausend farbigen Strahlungen aus der diffusen Oberfläche des Opals hervor. Man wußte immerfort, daß es keinen Augenblick zwischen diesen beiden gab, in dem nicht ein jedes, erfüllt von dem andern, sich in Ruhe und Laut, im Strahl des Auges, im Hauch des Mundes nahmen und gaben, und eine immerwährende Bewegung zwischen ihnen hinüber- und herüberglitt. Sie waren gleichsam von der hochgespannten Atmosphäre eines magnetischen Fluids umschlossen.

Ganz seltsam aber war es, in Robert und Korinne die Spiegelung dieser Haltung und Gesten der Eltern in kindlich-spielerischer Nuance wiederzufinden. Eine zarte Aufeinanderabgestimmtheit, ein Zueinanderneigen und Entgegenkommen und Warten, das lieblich und hold anzusehen war.

Der Knabe war damals wohl ungefähr im siebzehnten, die Tochter im fünfzehnten Jahre. Ihre Erziehung war frei und natürlich, die Eltern wünschten nicht, daß der Gouverneur und die Gouvernante sie fortdauernd im Zwange hielten. In Haus und Park und zu Pferd von einem Diener begleitet, konnten sie ihren Pflichten und Freuden ziemlich unbegrenzt nach Wunsch und Willen nachgehen. Nur in der Berührung mit der internationalen Gesellschaft draußen war der Graf von unerbittlich strenger Abwehr, was ich bei späterem Einblick in die damaligen Zustände jener Kreise sehr begreiflich fand, zugleich aber diese gänzliche Abgeschlossenheit und dieses absolute nur auseinander Angewiesensein als nicht ganz normal empfand.

Ich blieb ungefähr ein halbes Jahr im Paradiso. Meine Bilder mußten unter diesen wundervollen Voraussetzungen das werden, was von mir erwartet wurde, und mit gegenseitig aufrichtigem Abschiedsleid verließ ich diesen heimlichen Hain der Liebe und Harmonie.

Ich konnte meine Augen lange nicht von dem seltsamen Bilde wegnehmen, das in den letzten Momenten der Verabschiedung vor mir stand.

Die vornehme und zugleich so holde Gestalt der Gräfin lehnte in lässig hingegebener Haltung an der Seite des Mannes, der einen Arm um sie geschlungen hatte, während die andere Hand mir herzlich den letzten Gruß zuwinkte. – Und einige Schritte davon, gegen ein blühendes Rosenspalier stehend, die beiden Geschwister in fast genau gleicher Stellung, nur daß es hier das Mädchen war, die mir lieblich grüßend zuwinkte.

So im tönenden Akkord eines zu so seltener Vollendung gereiften Erlebnisses kehrte ich, beflügelt zu neuen Aufschwüngen, zu den Schatten und der Kühle meiner nordischen Heimat zurück.

Aber auch über diese Vollkommenheit ergossen sich allmählich die Wellen der Vergessenheit. –

Es war dann etwa zehn Jahre später, daß ich wieder einmal den geliebten Süden aufsuchte.

Diesmal war Florenz das Ziel. Dessen unausschöpfbare Schatzkammern der Kunst und Natur ihre ewige Lockung bewahren. Ich kletterte wieder einmal zwischen rosenbehangenen Mauern hinauf zu meinem Lieblingsplätzchen Fiesole, diesem seltsamen Nest, auf dessen winzigem Raume so viele historische Erinnerungen und interessante Dokumente verschiedenster Kulturepochen sich zusammendrängen. Wanderte weiter in den blauen Herbstabend hinein zur Badia, von dessen weithin mit schmalblätterigen Steineichen besetztem Hofe ich einen wundervollen Blick in die sanfte Stille des immergrünen Mugnonetales genoß.

Ich stand noch ganz hingenommen und versonnen an der breiten, steinernen Brüstung, als sich Türen öffneten und das Geräusch vieler Schritte hinter mir den Hof füllte. Ich wendete mich um und sah, daß es die Schüler des adligen Pädagogiums waren, die aus der Kapelle herausströmten. Die feingliederigen Knaben fesselten mein Auge, und ich konnte nicht loskommen von ihnen, obgleich ich die seltsam beklemmende Empfindung hatte, die von einer intensiv auf uns gerichteten Aufmerksamkeit auszugehen pflegt. Als die Knaben im Klostergebäude verschwunden waren, fiel mein Blick auf eine Gestalt, die auf der obersten Stufe der Kirche wie festgewurzelt stand, und von der jene magnetische Reizung auf mich ausgegangen war.

Es war eine hohe, vornehme Erscheinung im kleidsamen Jesuitenhabit, den flachen Hut in der Hand, das üppige, dunkle Lockenhaar vom Abendwinde leise durchspielt, schauten mich die machtvollen, bannenden Augen mit einem seltsam fragenden und suchenden Blicke an. Auch in mir begannen die Kreise der Erinnerungen zu schwingen, und plötzlich, mit einem kurzen Zusammenprall anklingender Assoziationen, stand mir der Name des Mannes auf den Lippen. Im selben Moment aber eilte auch er die Treppen herab mit beiden Händen mir entgegen und rief mir halb fragend, halb sicher erkennend meinen Namen zu.–

– Conte Roberto – sagte ich.

– Sì – sì – antwortete der junge Mann.

Als wir uns die Hände reichten, ging eine ganze Wallfahrt tragischer Erinnerungen über sein bleiches, tiefernstes, wunderbar ausdrucksvolles Gesicht.

In dem meinen mochte er wohl viele Fragen lesen. Sein fein geformter Rednermund preßte sich fest zusammen, als wolle er dem Ansturz innerer Bewegung herrisch Einhalt gebieten. Spontan wendeten wir unsere Schritte zu dem stillen Wege, der abseits vom Orte durch silberne Olivenwaldungen führt.

Da, wo es ganz einsam wurde, blieb der Graf stehen. Er atmete schwer, und sein Antlitz war bleich und herrlich schön, wie das Haupt des Praxitelischen Apoll.

– Nun fragen Sie, Signore –

– Oder ich will antworten ohne Ihre Fragen.

– Sie ist tot.

– Korinne? –

– Korinne – die Süße und Herrliche.

Auch meine Mutter lebt nicht mehr. Mein Vater ist aus seinen Gütern im Norden.

– Und Sie – Conte – sagte ich – meinen Blick mit erstaunter Frage von dem götterschönen Manne zu dem asketischen Gewände führend.

Er verstand sofort.

– Mir ist, als sei es gestern – fuhr er fort, und seine Stimme klang plötzlich wie aus weiter Ferne, sein Blick wurde weit und geisterhaft, als starre er in ein schreckvoll seliges Geheimnis.

– Sie sind Künstler – auch er ist Priester des Lebens, kennt seine Abgründe, und er darf sie lieben.

Mein Priestertum ist Sühne – Sühne für eine Schuld ohne Schuld.

Ich sprach noch nie davon. Aber die Erinnerungen, so jäh durch Sie aus langem Schlaf geweckt, sind stärker als ich, und es will ans Licht, was so lange im Dunkel blühte und welkte. Sie wissen jetzt schon alles, denn sie kannten und erkannten uns damals, so wie nur ein Künstler erkennt, ehe er es im Wissen hat.

Unser enges Zusammensein in dem heilig-schönen Liebeskreise der Eltern wies mich und sie so ganz auseinander an, daß kein Raum fast für anderes zwischen uns blieb, zudem hatte die Natur uns so seltsam aus den gleichen Elementen gemischt, aus denen die Leidenschaft unserer Eltern ihre unlöschbaren Flammen nahm, daß wir schon lange untrennbar ineinander verbunden und verstrickt waren, ehe wir ahnen konnten, was der geheime Zauber bedeutete, der uns umfing.

Sie kennen die tiefsinnige Legende Ägyptens – da Isis und Osiris sich schon im Mutterschoße lieben und zeugend vereinigen.

So waren wohl auch die Wellen unseres Blutes einander schon im dunklen Schoße der Liebe begegnet, daß sie am Licht des Tages sich als Eins erklingen fühlen mußten.

Ein Augenblick gab uns die schreckvoll wehe und dennoch von tiefer Süße erfüllte Erkenntnis.

An einem weichen Sommerabend in der Rosenlaube war es. Meine Mutter war schon tot. Mein Vater, seit jener Zeit von einer quälenden Unruhe verzehrt, auf Reisen.

Ich war für einige Tage von der nordischen Universität heimgekehrt, da mich eine unwiderstehliche Sehnsucht nach diesem Paradiese zog.

Aber als ich Korinne nach einem Jahre der Trennung in ihrer aufblühenden Herrlichkeit vor mir sah, wußte ich, daß es mich mehr zur Schwester als zu dieser seligen Insel gezogen hatte. Auch sie flog mir mit einem Jubelschrei in die Arme, der voll einer fast wilden Sehnsucht war.

Aber noch ahnte uns nichts vom Abgrunde, an dem wir wandelten.

Doch an jenem weichen Sommerabend in der Rosenlaube war es. Wir lasen zusammen, wie wir es früher oft zu tun pflegten. Ich hatte die neuesten Dichtungen moderner französischer Lyriker mitgebracht. –

O noch weiß ich jenen Vers. –

Eingebrannt für ewig ist er in mein krankes Herz.

J‘aime, j‘aime, et je veux qu‘on m‘envie,
Ne me plaignez pas, si j‘en meurs –
Et je vois mein amour
Reflété clans tes yeux.

Seine Stimme bebte wie eine Äolsharfe im Sommerwinde. Mir zitterten alle Nerven. –

– An jenem Abend lasen wir nicht weiter – sagte er. Zein Antlitz war bleich wie der Tod, und in seinen Augen stand die Dunkelheit unheilbarer Qualen.

Ich wagte kaum zu atmen.

Aber in meinen Blicken stand eine todesschwere Frage, deren Antwort keines Menschen Lippe wagen konnte, wenn sie ein Ja zu sagen hatten.

Der Conte sagte: – Korinne ist einige Zeit später am Herzschlag gestorben – sie hatte das Übel der Mutter geerbt. –

Unmerklich waren wir rückkehrend bei der schönen Pforte der Residenz des Jesuitengenerals angekommen. Der Conte reichte mir die Hand. – Hier bin ich zu Hause. Mein hohes Amt und meine strengen Pflichten halten mich am Leben – sagte er. Tauchte noch einmal seinen schwermütigen Blick tief und suchend in den meinen, als trinke seine Seele das Bild meiner Erinnerungen, das sie von fernen Zeiten seliger Fülle von jener in sich trug, die ihm zu nahe gewesen, um ihm ganz nahe sein zu dürfen. –

Der Künstler schwieg.

Es war nun ganz dunkel im Raume.

Nur noch die Asche im Kamin glimmte leise. Mit dem Dunkel mischte sich das Schweigen der Lauschenden. Das schwere, lastende Schweigen, das die tragischen Schritte des Schicksals begleitet.

Endlich sagte der Künstler:

– Und ich kann mir nicht helfen, in den letzten Gründen meiner Seele steht der Glaube, daß das Leben letzten Endes mit solch außergewöhnlichen

Wirkungen dennoch seine tiefen Absichten hat; wenn der naturentfremdete Mensch sie gewähren ließe, wer weiß, welche Wunder wir schauen dürften. –

Da wachten die drei aus ihrer Versunkenheit auf.

– Ein Sakrileg, dessen nur ein Künstler sich schuldig machen kann – rief der Hofrat.

– Und dennoch –

Ihr kennt das Wort des großen Franzosen: L'artiste a toujours raison – même quand il a tort. –

Der Hausherr läutete und ließ die Lichter anzünden.

Die Schwestern

Sie waren die denkbar stärksten Gegensätze.

Beate und Miselle, die Schwestern.

Dunkel, glutäugig und rassig, nach der fremdländischen Mutter geartet, glitt Beate behende und spielend durch das Leben. Gleichsam von einem Scirokkohauch umweht, sprühte ihr Wesen Schwüle und Lockung aus.

Miselle hatte die stille, schlichte Weise des Vaters.

Blond, sanftäugig und verträumt, war etwas Schattenhaftes um sie her, das man nicht greifen konnte und das doch aus seltsamen Fernen und tönenden Tiefen zu kommen schien.

Und dieses Gegensätzliche band sie eng aneinander.

Beate herrschte und ließ sich lieben.

Miselle blühte an dem Reichtum Beatens und diente ihr hingebungsvoll und beglückt.

So hatten sie das heitere Sonnenland ihrer Jugend Hand in Hand durchwandelt.

Spätere Zeiten brachten Schatten und Bitternisse.

Beatens Verlobter starb kurz vor der Hochzeit.

Miselle verschüttete sich den Liebestrank durch die spröde Kühle ihrer überscheuen Seele. –

Nach dem Tode der Mutter lebten sie manches Jahr mit dem Vater. Seine stille, feste Mannheit war der Magnet, der die gegensätzlichen Pole ihrer Wesen zugleich in Fluktuation und Gleichgewicht hielt. Alle schmerzhafte Ungestilltheit ihres Blutes und ungegebene Zärtlichkeit ihrer Herzen strömte zu ihm und umwand seinen Abend mit dem süßen, keuschen Duft sterbender Rosen. –

Nun war auch er über die Schwelle gegangen.

Beate und Miselle blickten starr und erschreckt in die Leere, die zwischen ihnen stand.

Sie wußten plötzlich nichts mit sich anzufangen.

Ihre Tage haspelten sich ab wie leerlaufende Räder, die sich selbst aufreiben.

Wie war es nur? Sie liebten sich doch.

Waren sie nicht immer Hand in Hand gegangen? Ein Herz und eine Seele gewesen?

Und nun?

Beate fühlte sich gequält durch die immer enger werdende Stille, die Miselle umhüllte.

Und diese konnte sich von der immer unruhiger aufbrausenden Erregtheit der andern bis zur Unerträglichkeit zerrissen fühlen. Ihr Lieben war nicht verschwunden. Sie hätten einander jedes Opfer bringen mögen, aber ein

Fremdes stand zwischen und neben ihnen und zerrte sie gleichsam in demselben Augenblick auseinander, in dem die lange Gewohnheit sie zueinander zog. –

Plötzlich wußten sie, daß sie ein Geheimnis voreinander hatten. Ein quälendes Geheimnis, dessen sie sich vor sich selbst schämten und das sie doch so brennend gern vor die Türe des andern Herzens gelegt hätten, daß diese sich öffne und es in seine Wärme aufnehme und löse.

Aber sie fanden nicht mehr zueinander.

Sie waren beide in den Jahren, da sich die aufgestaute Lebenssehnsucht noch einmal jäh zu steiler Flamme aufbäumt, ehe sie zu Ende sinkt und verlöscht.

Und dieses nagenden, zehrenden Lebensdranges waren sie sich tief und heimlich bewußt und fühlten sie als das Neue und Feindliche, das zwischen ihnen stand.

Und es war eine schmerzliche Qual in ihnen, daß es so war, daß sie es nicht ändern konnten und daß sie sich so unsäglich voreinander in lauter Unwahrheit verstrickten. Beate, als die positivere Natur, erkannte ihrer beider Zustand am klarsten. So konnte es nicht weitergehen. Sie verloren ihr Feinstes und Bestes in diesem ganz unnötigen Kampf gegeneinander, der doppelt zerrüttend wirkte, da sie im letzten Grunde harmonisch aufeinander abgestimmt waren. So nahm sie denn mit einem starken Entschluß ihr Leben in die Hand und trennte sich von Miselle.

– Wir wollen uns besinnen, ob wir uns noch liebhaben – sagte sie.

Traurig und doch wie erlöst umarmten sich die Schwestern, und an dem tiefen Schmerz, den sie dabei fühlten, wußten sie plötzlich tief und freudig, daß sie sich noch wie zuvor liebten, und daß eine bittere Sehnsucht in ihnen bleiben würde. Aber leichter ließ sich diese Schwere der Sehnsucht tragen als die Last der Verwirrung und Unlauterkeit, unter der sie die letzten Jahre sich hatten krümmen und voreinander verbergen müssen.

Vogelfrei jedem Ansturz des Lebens gegenüber atmete Beate wie von tausend Ketten und Fesseln befreit auf. Sie wußte, daß sie den Becher der Leidenschaft an ihre Lippen nehmen mußte, wenn anders nicht etwas in ihr zugrunde gehen und sie für die letzte Hälfte ihrer Zeit in ihrem Besten verwandeln und verderben sollte. Neben Miselle's zarter und übersensitiver Art hätte sie nie den Mut zu diesem Schritt gefunden. Und niemals hätte sie Miselle dazu gebracht, zur Klarheit über die letzten Gründe ihrer eigenen Verstimmungszustände zu gelangen. Der Wille zur Klarheit war nicht in ihr, da sie instinktiv fühlte, daß sie nie und nimmer Herr werden würde über die starren Hemmungen ihrer sensiblen seelischen Reaktionen. – Und da ihre Liebe und Achtung dieser feineren Artung ihr jede Heimlichkeit der Tat neben der Schwester zur Unmöglichkeit machte, wurde diese Flucht in die Ferne, in das Ungewisse und Ungewußte zur unabweisbaren Not. –

Als sie nach einigen Jahren zu Miselle wiederkehrte, war sie strahlend von Heiterkeit und reich an einer süßen, reifen Güte, die sich wie ein weicher, warmer Mantel um Miselle's darbende Seele legte.

Miselle war noch stiller und leidend geworden. In ihrem Zimmer gab es Vögel und viele Blumen, an denen sie ihre unverlangten Zärtlichkeiten verhauchte. Die Kinder der Nachbarschaft liebten sie, sie hatte für alle immer ein liebes Wort, eine Liebkosung und irgendeine fröhliche Gabe zur Hand.

So hatte sie sich mit ihrem leisen und zarten Willen eine sanfte Ebene geschaffen, die sie überblicken konnte, und sie hob den Blick nicht mehr zu den blauen Fernen und den lockenden Höhen, wissend, daß ihre Schritte nur im engen, fest gegebenen Kreise sicher und ruhig wandeln konnten.

Beate hütete das Heiligtum dieses Kreises.

Wandelte seine Enge in einen blühenden Garten, den sie mit ihrem quellenden Reichtum schmückte.

Dankbar und beglückt atmete Miselle all den neuen Duft und die leuchtenden Farben, die ihr von Beate zuströmten.

Sie lauschte begierig auf die fremden Klänge und Melodien, die aus ihren Worten tönten. Ihre Stimme war ihr neu geworden, sie war gleichsam beladen von einer köstlichen Fülle, die aus unversiegbaren Quellen aufsprang und sie selbst wie mit glücklichen Ahnungen und Schauern überschüttete.

Miselle fühlte, daß da ein Erleben war, das alle tiefen Brunnen erschlossen, alle Widerstände umgestürzt, jeden Mißklang zu reiner Harmonie gelöst hatte.

Aber nie kam eine Frage auf Miselle's Lippen.

Nie auch ein deutendes Wort aus Beaten's Mund.

Sie erzählte von fremden Ländern und fernen Gestaden, von seltsamen Tänzen und Künsten, von leuchtenden Bergen und schimmernden Meeren, die sie geschaut und erlebt.

Und durch alles hindurch trug ihre Stimme den Klang einer bebenden Belebtheit, der alles Geschaute mit einer geheimnisvollen Umgoldung umwob. Und dieses Geheimnisvolle band ihrer beider Herzen zusammen. Es blieb dadurch etwas zwischen ihnen immerfort neu und anziehend und verheißend. Hinter der letzten Ringmauer ihres Wesens ahnte Miselle das Geheimnis Beaten's. Sie bewunderte ihre Kraft, die vom Leben das nahm, das sie zu ihrer Güte befreite. Sie fühlte einen schmerzlichen Stolz für diese Kraft. Aber nie hätte sie ihr sagen können: du tatest recht.

Beate aber wußte, daß hinter jener Mauer lebenslang ein krankes Sehnen und armes Entbehren bleiben würde, und schonend umging sie die dürstende Wüste, pflanzte Blumen um sie her und häufte alle Schönheit ihrer am Leben reich gewordenen Hände darüber aus.

In dem Meer ihrer Güte und Wärme versank Miselle mit wohliger Lust. Und alle Bitterkeit ihrer Entbehrungen und scharfen Stacheln banger Unerfülltheiten verloren allgemach ihre wunde Qual.

Und die Liebe früherer Zeiten kehrte zu ihnen zurück und band ihre Seelen bis zum Ende ihrer Tage.

Der Becher des Lebens, aus dem Beate getrunken, gab ihr die Kraft zu sich selbst und die tragende Güte zu den andern.

Die feine Harfe

Anja –

Ja, wenn ich an sie denke, steigen mir Tränen einer traurigen Rührung in die Augen. Und doch war sie glücklich, und ihr Leben stand wie ein seltener Stern über der Erde. Ich kannte ihre Eltern. Als alter Hausfreund ging ich viele Jahre in ihrem Hause aus und ein.

Der Vater, ein Kaufherr größten Stils, war einer jener prachtvollen jovialen Männergestalten, die von einer steten Harmonie umschwebt sind. Wo sie sich befinden, weht eine kraftvolle, heitere Temperatur, die in diesem Falle, gesättigt von leutseliger Lebensauffassung und getragen von der Sicherheit eines großen Reichtums, leicht zu jenen Höhegraden zu steigen geneigt war, welche in ihrem Überschwange allmählich auch die stärksten Lebenskräfte aufzehren. Kurz, ein Bonvivant, ohne jene gemeine Nuance, die wir mit dem deutschen Worte Lebemann verbinden. Seine Frau paßte vorzüglich zu ihm. Groß, schön und stattlich, harmonisch in sich beruhend, trug sie seine etwas laute, andrängende Art mit liebevoller Gelassenheit und pflegte in ihrem Heim mit Aufopferung ihrer eigenen, mehr zu intimerem Innenleben neigenden Wünsche die weitherzigste Gastfreundschaft, die ihre Kräfte und Zeit schier über Gebühr beanspruchten.

Mitten hinein in dieses turbulente Treiben blühte Anja, die einzige Tochter dieses Paares.

Im Gegensatz zu den Eltern war sie feingliedrig und nur mittelgroß geraten und bildete den süßen, lieblichen Ausklang zwischen den dunkleren, volltönigen Melodien der beiden. Anja war eines jener reizvollen Kinder, die jedermanns Liebling sind, die aller Augen und Herzen sofort für sich einnehmen. Ohne jede Hemmung durch allzu strenge Zucht, noch irgendwelcher Notstände des Lebens, entwickelte sie sich in einer seltenen Freiheit und strafte alle rigorosen Pädagogen Lügen, die nur innerhalb des Stacheldrahtes von Ernst und Strenge eine gute Aufzucht gewährleisten wollen.

Sie gedieh körperlich und geistig, blühte wie eine zarte Gartenrose, war geschickt zu allerlei Tun, neigte aber ganz besonders zu Büchern, Künsten und Wissenschaften; dem tändelnden Spiel der allerersten Jugend war sie sehr schnell entwachsen. Ich konnte ihr keine größere Freude machen, als wenn ich mit ihr in das Bibliothekzimmer ging und ihr dort allerlei Bücher aussuchte, die jeweils ihrem geistigen Zustand angemessen waren.

Die Eltern sahen diese Entwicklung nicht gern. Sie hätten sich die einzige Tochter robuster an Gesundheit und materieller in der Lebensrichtung gewünscht, zugreifender nach all der endlosen Fülle guter Dinge, die ihr reicher Besitz ihr gestatten konnte. Aber da war nichts zu ändern, zärtlich und anschmiegend in ihrem Wesen, besaß sie doch eine stille, feste Art, allem aus dem Wege zu gehen und alles abzulehnen, das sich ihrer so stark ausgesprochenen geistigen und seelischen Dichtung entgegensetzen wollte.

So zart wie sie war, liebte sie den Sport, während Bälle und die übrigen seichten Vergnügungen ihr geradezu Widerwillen erregten.

Man mußte sie gewähren lassen.

Lehrer auf Lehrer mußte ins Haus, ihr Wissensdrang war schier unstillbar. Am liebsten hätte sie, wie sie mir gestand, sich ganz dem Studium gewidmet. Aber das jähe Entsetzen, das bei der ersten leisen Andeutung den Eltern gegenüber über diese kam, nahm ihr doch den Mut, ihren Willen durchzusetzen.

Da in diesem gastfreien Hause, an den üppigen Gastmahlen vielerlei Menschen aus- und eingingen, darunter natürlich auch viel junges Volk, Männer der ersten Familien, konnte es nicht anders sein, als daß sich immerfort einer der letzteren in die liebliche, reizvolle Tochter des Hauses verliebte.

Die Eltern sahen mit brennenden Augen diesen Annäherungen zu, ihrem Kinde das einfache, stille Glück erhoffend, das sie selbst in der Ehe gefunden.

Aber immer wieder blieb einer der Werbenden fort, von dem kühlen Gleichmut Anjas schärfer getroffen und verletzt, als es durch eine deutliche Abneigung ihrerseits der Fall gewesen wäre.

So war Anja einundzwanzig Jahre geworden. Vater und Mutter waren bitter enttäuscht und fast ein wenig in Verlegenheit all den vielen Freiern gegenüber, die sie selbst begünstigt und ermutigt hatten.

Da tauchte eines Tages ein entfernter Verwandter auf.

Ein hochbegabter, junger Mann, der eben von einer Studienreise aus Asien zurückkam, als Sinologe und Sanskritforscher kehrte er mit einer Fülle reichen, interessanten Materials in die Heimat wieder, um sich da an der Universität niederzulassen.

Er verstand prachtvoll zu erzählen.

Anja horchte mit leuchtenden Augen und rosigen Wangen, und konnte stundenlang ohne jede Ermüdung mit Lauschen und Fragen hinbringen.

Die Eltern atmeten auf. Endlich schien sich ihr so natürlicher und begreiflicher Wunsch zu erfüllen.

Man ließ Anja geflissentlich mit dem jungen Manne allein und merkte mit tiefem Behagen, daß auch dieser sich dem süßen Zauber dieser entzückenden Weiblichkeit nicht mehr entziehen konnte.

Wir hofften alle.

Wenn ich sie so nach den langen, geistvollen Gesprächen im Zimmer fand, leuchtend von innerem Feuer, mit glühendem Blut und schwellender Schönheit, von jenem blühenden Zauber umhüllt, der das Weib nach der leidenschaftlichen Liebesumarmung des Mannes zu umstrahlen pflegt – war ich sicher, daß auch ihr die Stunde endlich gekommen sei, da die heimlichen Forderungen des Weibtums sie mit gebieterischem Zwange leiten würden.

Aber es vergingen Wochen um Wochen. Die stille Verzückung blieb über ihr ausgegossen, Stunde um Stunde blieb sie in tiefer Entrücktheit bei den Büchern und Gesprächen mit dem jungen Manne, der solcher schneekühlen Stille des Blutes gegenüber wohl noch immer nicht die gefahrvolle Minute gefunden, in welcher er vom Wege des Wissens abgleiten konnte, um mit einem kühnen Satz sie beide mitten in das Land der Leidenschaft hinüberzuschwingen.

Eines Tages aber kam ihm der Augenblick, da sein eigenes Erglühen für so viel Liebreiz und hinreißende Süße alle Besinnung verlor. Er warf das Buch beiseite, stürzte zu Anja hin und stammelte ihr die Worte seiner heißen Verwirrung ins Ohr.

Anja erblaßte bis in die Lippen, sah ihm verstört und entsetzt in die Augen und streckte ihre Hände ihm abwehrend entgegen.

– Was tust du – was willst du von mir, Viktor?

– Liebst du mich – oder nicht? Fragte er in zorniger Erregung – was sonst macht dich so strahlend und aufblühend neben mir?

– Es ist so wundervoll und macht mich so glücklich, mit dir in all die Herrlichkeit des Wissens zu schauen, du führst mich durch tausend Paradiese und läßt mich unermeßliche Schätze schauen. –

– Das ist es – sagte er, und sein Gesicht verzerrte sich in der Qual überladener Leidenschaft – das ist es – die Bücher, das Wissen – und ich – ich bin dir nichts –

– Doch, doch – ich bewundere dich – ich bin voll tiefster Dankbarkeit. –

Da lachte er bitter auf und ging von ihr.

Auch er konnte das vielsagende Wort jenes klassischen Liebespaares mit einer kleinen Variante auf das Ende seiner Liebesszene anwenden: von jenem Tage lasen wir nicht weiter. –

Bald darauf ging Anja mit ihren Eltern auf Reisen, sie mußte den Vielen eine Zeitlang entrückt werden, an denen sie so in aller Unschuld schuldig geworden war. Ich sah sie nicht wieder.

Bei einer Bergbesteigung in den Alpen wurde sie mit ihrem Vater von einer Lawine verschüttet. Und so blieb mir ihr Bild in der ganzen Süße des Jugendschmelzes in der Erinnerung, und wenn ich ihrer denke, steigen mir immer wieder Tränen einer traurigen Rührung in die Augen.

Und doch war sie glücklich zu nennen, sie, die wie eine feine Harfe nur für die Akkorde reinster seelischer Harmonien den tönenden Widerhall zu geben hatte. Und dennoch diese Traurigkeit um sie?

Es ist vielleicht das allzu Menschliche in uns, das diese Übermenschlichkeit einfach nicht erträgt.

Oder vielleicht schlechthin nur der Erhaltungstrieb der Rasse, die unbewußt wirkende Ökonomie des Lebens, der es widerstrebt, eine vollkommene Blüte nicht zur Frucht gelangen zu sehen.

Drei ganz junge Mädchen

Der See war sehr blau.

Schneeweiße Schwäne schwammen sanft und leise wie junge Träume über ihn hin.

Die drei saßen im Kahn und glitten langsam und versonnen in den vielfarbigen Sommerabend hinein.

Vom Ufer fiel das schwanke Weidengezweig über das Wasser und baute grüngoldne Tore über sie hin. Der singende Abendwind flog über den rauschenden Wald die Höhen hinan und schüttete die zarten, heimlichen Düfte seines sonnendurchhauchten Laubes auf sie hinab.

Hoch in den Tannen verstrickt flammte der purpurne Abendschein und legte der jungen Holdseligkeit goldne Strahlenkränze auf Haar und Antlitz. Ein Hauch von Reinheit und Stille war um sie her. Ihre Augen leuchteten wie Sterne, die nichts von dem Himmel wissen, aus dem sie erblühen. Ihre zarten Seelen ruhten wie kostbare Edelsteine in der goldnen Schale ihrer unberührten Jugend. Ein Dreiklang von unendlicher Süße und Schöne schwebte mit ihnen über die abendstillen Wasser.

Die an den Rudern saß, war schwarzhaarig. In den dunklen Augen sprühten kleine, goldne Funken auf, die samtzarte Haut hatte die Farbe neu erblühter Rosen, ihre kraftvollen Glieder dehnten und spannten sich in wallendem Rhythmus des reifenden Blutes. Sie spielte lässig mit den Rudern im Wasser, der leichte Kahn ließ sich willig treiben.

Am Steuer lehnte Bella, träumerisch versunken. Ihr Goldhaar funkelte und glitzerte im Abendrot, in dem strahlenden Blau der Augen lag eine Welt von jener ziellosen Zärtlichkeit und Sehnsucht, die so entzückend zu schauen ist und doch so traurig macht. Ihre Haltung hatte die schlaffe Lässigkeit, die das plötzliche Wachstum letzter Entfaltungen zu begleiten pflegt. Ihre Arme hingen nachgiebig über den Rand des Bootes, und die bleichen, schlanken Finger überließen sich wohlig dem gleitenden Spiele der Wellen.

Auf einer roten Seidendecke, in der Mitte des Kahnes am Boden hingestreckt, lag die dritte. Ihre Augen waren geschlossen. Das zarte Mädchenangesicht und die eingliedrige Gestalt, von dem dreifachen Rot der Seide, des Abendlichtes und der in diesem Lichte aufglühenden Farbe märchenhaft umhüllt, war von jener unirdischen Süße, wie sie Frau Angelicos holdseliger Kunst entstrahlt.

Die beiden anderen sahen diese Schönheit nicht.

Von sich selbst erfüllt und dennoch ihrer selbst noch unbewußt, blickten ihre Seelen gleichsam ins Leere, an aller Unendlichkeit der Fülle des Lebens vorüber, von dessen dunklen und glühenden Geheimnissen die Wurzeln ihres Wesens noch unberührt waren.

Von der Kapelle am Ufer fielen sieben Schläge in die Luft, die wie runde Perlen in das Wasser hinglitten.

Jetta öffnete die Augen, schaute ein wenig verstört um sich.

– Wie schön habe ich geträumt – lauter Farben – eine rote Wiese voller bunter Blumen – ein Engel flog darüber hin und küßte mich.

– Heute habe ich Else‘s Kleine gesehen – sagte Bella. O so etwas Wundersüßes – die Füßchen und Händchen – das Mündchen und die feinen Härlein – o so wundersüß – ich möchte einmal viele, viele Kinder haben.

– Wißt ihr schon, daß Paul kommt – sagte Erda – morgen schon – der ist jetzt Student – wie er wohl aussieht?

– So sprachen sie zueinander und doch nur zu sich selbst. Noch waren ihre Seelen unfrei und nur an sich selbst gebunden.

– Gib acht – Bella, wir müssen anlegen.

Sie waren an der kleinen Insel angelangt, wo sie im Sommer ihren Abend verbrachten.

Wie sie diese Insel liebten. Geheimnisvoll raunte es da in den üppigen Bäumen, deren Geäst in dunklem, schwerem Gewirr vor der verglühenden Abendsonne stand. Im hohen, schwanken Schilf plätscherten die kleinen Wellen, im hellen Grase leuchteten noch späte Sommerblumen. Hier fühlten sie sich seltsam frei und geborgen vor so vielem, das draußen sie so fremd und herrisch und drohend in seiner Unverständlichkeit umgab.

Sie hatten sich einen zarten Gottesdienst für diese Abendstunde ersonnen, den sie täglich in kindlich geheimnisvoller Weise begingen.

– Wir wollen unsere Bäume grüßen – sagte Bella –

Und die Drei faßten sich an den Händen und schritten in schönem Reigentakt zur Mitte der Insel, wo drei hohe, schlanke Birken im eigenen Silberlichte leuchteten.

– Ich grüße dich – rief jede und eilte zu dem Baume, den sie sich erwählt.

– Mein lieber, schöner, schöner Baum – sagte Erda und streichelte mit zärtlichen Händen den schlanken, seinen Stamm.

Bella erhob die Arme zur Höhe des Baumes, schaute mit sehnsüchtigen Blicken in sein Geäst – ich grüße dich, mein Baum – sagte sie mit leiser, sehnsüchtiger Stimme.

Jetta ging ganz nahe zu ihrer Birke, legte beide weichen Arme um ihn, drückte das süße Madonnengesicht an seine feine Silberhaut und küßte ihn mit ihrem warmen, sanften Munde.

Der große Franziskus würde diese Drei mit seinem tiefsten Segen gesegnet haben.

Dann faßten sie sich bei den Händen und sangen einen leisen, stillen, heimlichen Sang, den sie sich selbst gedichtet; sangen und tanzten vor ihren Bäumen wie einst der fromme Tänzer vor seiner lieben Frau.

So von dem Überschwang ihrer pochenden, aufblühenden Jugend entlastet, fanden sie sich wieder zur Wirklichkeit zurück.

Eine sammelte Holz zum Feuer. Die andere holte die mitgebrachten Vorräte aus dem Kahn. Jetta stand verträumt an ihrer Birke und lauschte. Über ihrer reinen, hohen Stirn huschten flüchtige Schatten, die gleichsam wie der Flügelschlag ihres erwachenden Geistes waren, der sie überhauchte. Die andern ließen sie. Sie wußten es, daß sie immer etwas abseits blieb und nie rechtzeitig in den Rhythmus des praktischen Augenblicks einfallen konnte.

Sie bereiteten sich ihr Mahl. Aßen, sangen und plauderten. –

Und mittenhinein hörte man plötzlich das leise plätschern und Glucksen von nahendem Ruderschlag.

– Was ist das – sagte Bella – was kann das sein?

Sie waren noch nie gestört worden und erschraken.

Sie sprangen auf und lauschten gespannt.

Jetzt legte leise und vorsichtig ein Boot an.

– Gut Freund – rief eine laute, helle Männerstimme – und mit drei, vier weiten Sätzen sprang der Rufende zu ihnen her.

– Paul! Riefen die Drei wie aus einem Munde und stürzten ihm entgegen. Mittwegs aber stockten ihre Schritte.

Das war ein anderer, als den sie bisher gekannt, der da vor ihnen stand, zu dem die alte Zutunlichkeit nicht recht passen wollte.

Sie schauten einander an.

– Nun, was ist‘s mit euch – Mädels – kennt ihr den Paul nicht mehr? Er lächelte sehr freundlich und gütig, aber ein klein wenig herablassend.

Die Mädchen waren alle seltsam verlegen und erröteten. Erda, die mutigste, ärgerte sich über sich selbst, sprang zu ihm hin und tippte mit der Fingerspitze an seine bunte Studentenmütze, an sein feines, zierliches, junges Bärtchen.

– Das ist‘s, Herr Paul – das macht dich plötzlich so anders.

Paul lachte amüsiert und etwas geschmeichelt auf, ergriff Erda‘s Hand und küßte sie.

Da war sie dunkelrot und hilflos, und die Goldfunken in ihren Augen sprühten und glitzerten.

– Kommt, setzen wir uns gemütlich wie einst – sagte er, und warf sich in das Gras.

– Wo kommst du so spät noch her? Fragte Bella.

– Die Sehnsucht nach euch – kam mittags an; telephonierte zu euch – hörte, daß ihr zur Insel wolltet, und da überraschte ich euch – reizend von mir, was?

So brachte er sie mit seiner burschikosen Art, die ihnen neu war, wieder langsam ins Geleise. Und als er dann aus seiner Tasche drei wunderfeine Schachteln mit süßen Dingen herausbrachte und ihnen zusteckte, war der Bann gebrochen.

In voller Selbstvergessenheit lösten sie sich in die Wonne der süßen, schmelzenden Dinge aus, von denen es ihnen so schmeichelnd über die Nerven ging. Sie warfen Paul die bunten Hülsen in die Haare, steckten ihm eine Süßigkeit in den Mund und vergaßen ganz, daß es spät wurde.

– Himmel, eure Eltern werden sich ängstigen – kommt, ich rudere euch schnell heim – sagte plötzlich Paul.

Und mit seinem kräftigen Tempo brachte er sie in einem Drittel der Zeit heim, die sie vorher gebraucht hatten.

Nun trabten sie die mondhelle Straße zu ihren Landhäusern zurück.

Bella schob sich zu Paul hin.

Erda und Jetta gingen Arm in Arm hinter ihnen.

– Welch wunderschönes Haar er hat – sagte Erda und sah verzückt in die Fülle des dunklen Gekräusels, das unter der bunten Mütze hervorquoll – ich möchte gern einmal hineinfassen.

– Wie seltsam heut das Mondlicht leuchtet, ist es nicht wie ein Märchen? Flüsterte Jetta, und ihre sanften Taubenaugen waren voll Traum und Geheimnis.

– Ich war heute bei deiner Schwester – sagte Bella zu Paul.

– Und hast das Baby gesehen?

– Oh – ja – das Baby – ein schwerer Seufzer aufgeregter Freude kam über ihre Lippen.

– So etwas Süßes – diese Füßchen und Händchen und Fingerchen – dieses kleine, liebe Mündchen und Näschen – es ist zu schön. In ihrer Erregung hängte sie sich an Pauls Arm und drängte sich nahe an ihn – ach, so etwas Reizendes und Entzückendes – o ich will einmal viele, viele Kinder haben – drei, – vier, – fünf – ach nein, zwölf müssen es sein.

– Ja, da mußt du aber erst heiraten, liebe Bella.

– Das schadet nichts – sagte sie – aber denk' nur – vierundzwanzig kleine, süße Füßchen und Händchen.

Pauls Lachmuskeln hatten schon zu einer gewaltigen Explosion angesetzt, und es flog ihm durch den Sinn, welch ein famoser Witz das für seine Tafelrunde wäre.

Aber da regte sich in den fernen, etwas verstaubten Winkeln seiner Seele jenes heilige Reine; das jede gute Mutter ihrem Kinde mitgibt, und er legte sanft und behutsam seine Hand auf Bella's bewegliche Finger.

– Ja, das wird reizend, liebe, kleine Bella, und ich freue mich schon jetzt darauf.

Dann trennten sie sich. Und die drei kehrten zu den weißen Träumen ihrer zarten Seelen zurück, Träume, die aus den tiefen Brunnen des Lebens steigen und das schlafende Blut mit ahnenden Bildern umspielen.

Mögen die Götter euch segnen – ihr holden, süßen, ganz jungen Mädchen. Euer reiner Atem entsühnt die von Schuld und Reue schwere Luft umher. Eure tanzenden Schritte machen die Erde leicht und jung, und eurer Augen holde Lauterkeit bannen die Dämonen der Finsternis, die alles Menschliche umschleichen.

Mögen die Götter euch segnen – ihr goldnen Schalen der Unschuld, aus der die Hände der Zukunft ihre tiefsten Hoffnungen und ihren seligsten Glauben schöpfen.